Diálogos en el museo y otros poemas

José E. Santos

Poesía Hispanoamericana Contemporánea

José E. Santos

Diálogos en el museo y otros poemas

Apuntes introductorios
de Lissette Rolón Collazo
y Jan Martínez

Segunda edición

Almava Editores
www.almava.net

ISBN 978-1-945846-38-0

Poesía Hispanoamericana Contemporánea

Almava Editores
www.almava.net
e-mail: almavaeditores@gmail.com
Tel.: 347.649.4240

A Daniela Gutiérrez Escobedo

Nota a la segunda edición

Presento ante ustedes la segunda edición de *Diálogos en el museo y otros poemas*. Ha pasado una década de su aparición inicial y ya se ha vuelto un texto significativo dentro del conjunto de mi obra poética. Agradezco los comentarios positivos, así como las críticas recibidas de parte de colegas y críticos, gesto que motiva mi deseo de que vuelva a circular para que entre y habite el universo de nuevos lectores.

Debo agradecer la gentileza de los colegas Lissette Rolón Collazo del Recinto de Mayagüez de la Universidad de Puerto Rico y Jan Martínez de la Universidad Politécnica de Puerto Rico por aportar sus valiosas palabras introductorias, comentarios que aprecio y respeto, y cuyo juicio valoro inmensamente. Una versión del texto de Rolón apareció en el volumen 20 del año 2013 de la revista *Cuaderno Internacional de Estudios Humanísticos y Literatura*. Una versión del texto de Martínez apareció en la revista cibernética *El Post Antillano* durante el año 2017 (http://elpostantillano.net/index.php?option=com_content&view=article&id=19594:2017-06-10-13-42-13&catid=311& Itemid=1021). Les vivo eternamente agradecido.

Disfruten nuevamente de todos estos "diálogos".

José E. Santos

Sobre presencias, ausencias y otras memorias. A propósito de *Diálogos en el museo y otros poemas* de José E. Santos

La propuesta poética de *Diálogos en el museo y otros poemas* (en adelante *Diálogos*) bien podría atisbarse a partir del motivo del viaje y el retorno, el binomio presencia/ausencia y las interlocuciones entre la memoria persistente y el presente fugaz. La palabra en *Diálogos* se erige como cómplice para tales alternancias. La lectura crítica que propongo, por tanto, prestará su mirada a las estrategias del contrapunto entre las ausencias y las presencias, el presente y la memoria y, desde luego, todas las significaciones que cobra la experiencia del viaje en este banquete de artificios de la palabra presente y ausente a la vez, muy a pesar de la tradición clásica y moderna de Platón a esta parte.

En primer lugar, destaca el contrapunto entre el viaje y el retorno que más bien valdría decir los viajes y los retornos, La primera parte del texto (tejida a partir de catorce poemas) se concibe bajo el pretexto de un viaje al Museo Nacional de Antropología en la Ciudad de México. La voz poética, cual viajero ilustrado a la inversa, se dispone a recorrer la historia prehispánica dispuesta en las salas de dicho museo.

Quienes han tenido la oportunidad de hacer ese viaje, saben bien que entrar a ese museo potencia viajes múltiples en los espectadores. Ese primer nivel del viaje en *Diálogos* no se imagina en solitario, aunque terminará siéndolo entre comillas. La voz poética espera a su acompañante y esa espera cataliza otro de los viajes que edifica esa primera sección: la memoria del encuentro y la presencia en su interior de la amada.

Una vez la voz poética asume su viaje solitario se detona otro viaje. Esta vez el referente es la historia silenciada y ocultada por la conquista y la colonización de los territorios amerindios. Esa experiencia de viaje se precipita frente a las imágenes dispuestas en el museo ante las que se detiene el viajero poético. Cada icono, cada puerta, cada vestíbulo, propicia el acceso a la memoria proscrita, a la memoria negada, a la memoria incisiva de las culturas vapuleadas por los vencedores. Es justo en ese instante que el viajero conspira contra la ausencia de la amada por medio de la presencia de un pasado que se niega al olvido. De ahí se desata otro viaje, esta vez a la memoria individual, a los recuerdos vividos con la amada aparentemente ausente. Ese viaje se denota en el texto por medio del rasgo curvo de la itálica. La letra se doblega, se suaviza, se esfuma ante la presencia ineludible del sujeto amado. Frente a los objetos del viaje a la semilla amerindia, comparece la amada que no llegó a tiempo a la cita ese día. La voz poética evoca y sus viajes se multiplican frente a presencias inmanentes, serenas y cómplices de una soledad frágil.

El viaje al museo condensa otros tantos viajes de la voz poética pensante y palabrera. Su compañía certera es la palabra de la memoria potenciada a dos tiempos, en contrapunto, resistiendo el artilugio quimérico de la oposición. De tal modo, la propuesta poética de *Diálogos* es viaje y retorno, presencia y ausencia, presente y memoria, lo uno y lo otro al mismo tiempo.

El segundo contrapunto es entonces la ausencia y la presencia: la amada y las culturas derruidas por la conquista y la colonización se manifiestan en este poemario como presencias persistentes en un aquí y un ahora sin paliativos. La voz poética se hace acompañar, aun en su aparente soledad y la palabra prestidigita ausencias y presencias, presentes y pasados en una operación mimética con la lógica de los museos.

Los museos latinoamericanos, como todos los que consignan genocidios de la humanidad perversa, son acentos de presencia trágicos y festivos a la vez. Son esa voz y esa huella que es y está. Son esa ausencia que se resiste y persiste en presencias fragmentadas y sutiles. Un portal, una vasija, una divinidad, todo conspira para estar en el museo, aunque su presencia allí es posible por virtud de una ausencia involuntaria y violenta.

El tercer contrapunto es, precisamente, esa dicotomía problemática de pasado y presente que se condensa y confunde en los viajes a cualquier museo, a ese museo. La virtualidad de los objetos evoca presencias robustas de un pasado que se resiste a serlo sin antes contarse y contar. La voz poética, en dos aguas, en dos tiempos, presente y ausente a su vez se contagia con las memorias y se erige como sujeto mnemónico por excelencia.

El cuarto contrapunto que ha de notarse es el que se establece en el propio poemario entre *Diálogos en el museo* y *Calles de Polanco*. A la salida del Museo, de vuelta al presente de la voz poética, que es también memoria, se inaugura otro viaje. El viaje entre el recinto cerrado del museo y el paisaje abierto de las populosas calles de Polanco. Todas las presencias de ese recorrido son también ecos de una ausencia, la de la amada que antes fue la compañía en ese viaje, las de las culturas amerindias violentadas salvajemente por el conquistador europeo, las de sí mismo hace unos instantes.

Así vista, la propuesta de este poemario es definitivamente múltiple. Cada contrapunto prefigura la posición conceptual asumida. En el museo y en la vida cotidiana se confunden lo uno y lo otro. No se trata de oposiciones, se trata de antónimos arbitrarios que consignan su derrota. El viaje y el retorno son las piezas de una misma oración. La ausencia y la presencia son la ráfaga de un mismo aire. El pasado y el presente son lo uno y lo otro al mismo tiempo. El interior y el exterior del Museo son una evocación, una memoria y un presente que se evapora tras cada fonema, icono o rincón. La amada está presente, de cierto modo, porque está ausente y a la inversa.

Diálogos en el museo y otros poemas es una apuesta por el contrapunto literal y figurado, profundamente presente y a la vez rastro de la memoria; sencillamente lo uno y lo otro a la vez. Creo que De-

rrida disfrutaría más estos versos que Platón. Creo
que el viaje ilustrado a la inversa es un ajuste de
cuentas con un Renacimiento virulento y una Ilus-
tración insuficiente. Propongo que nos atrevamos a
hacer este viaje poético, que es regreso en el tiempo,
desde el Puerto Rico del poeta y sus lectores, esta
mancha en el Caribe nuestro de cada día. En cualquier esquina, nos asaltará una evocación de aquel
museo y sus ausentes.

Lissette Rolón Collazo

Historia de la pasión y pasión de la historia en *Diálogos en el museo* de José E. Santos

Encuentro y celebración, eso ha sido para mí la lectura del poemario *Diálogos en el museo y otros poemas*. Esta última entrega poética de José E. Santos, por su acertado afán sincrético es un digno ejemplo de las actuales tendencias que marcan la lírica del momento en que los afanes vanguardistas se han venido abajo y donde al parecer ya no hay que romper más nada y sí juntar los pedazos de las tradiciones y las rupturas y con todo ese material construir de forma sincrética la poesía de estos tiempos.

Sin embargo, este ejercicio comporta sus propios riesgos y precariedades por lo que debemos recordar que, en todo acto creativo, si no nos cuidamos de lo modal, de lo efímero, corre el riesgo de que la obra publicada sea un relámpago más en los fugaces imaginarios de la cultura de mercado de las posmodernidades al uso, y donde todas las estéticas se han revelado haciéndonos sucumbir en múltiples ocasiones en la Babel de todos los decires. Entonces, el poeta debe huir de las caóticas y mal ensambladas polifonías para no perecer en las afónicas veleidades del pastiche.

Los poetas que emprendemos la aventura de

la escritura en estos tiempos de entronización de tanta poética acartonada y sentimentalista —así como de otras excesivamente oscuras que son las hieráticas palabras de los sacerdotes del templo que nadie entiende pero que todos celebran como al traje del rey— debemos reconocer que tenemos a nuestra disposición todo un arsenal cultural de proporciones insospechadas. Todas las tradiciones literarias y estéticas están a nuestra disposición. Sólo resta al poeta escoger sus tradiciones, aquellas que se adecuen al decir lírico del autor, esas que sean afines al "estro" poético y al espíritu lírico de su más entrañable decir con el que quiere distinguir su expresión.

En esta dirección, sus tradiciones las ha sabido reconocer y recomponer muy bien nuestro poeta en su sincretismo lírico. En este ejercicio de emparejar tradiciones con afán renovador, Santos, junto a un sutil erotismo de carácter neorromántico trenzado a imágenes de un contenido esplendor clásico en la factura de sus versos, consigue dotar al poema de un decir depurado y brillante. Por otra parte, su caudal de conocimientos filosóficos logra "rizar" el contenido lírico de esta poesía consiguiendo deslumbrarnos con la sabiduría de esa belleza que piensa y que suele ser habitante de los hermosos y meditativos versos que a ratos nos transportan y nos deslumbran.

Si en *Diálogos del museo*, José E. Santos consigue decantar los tópicos y el lenguaje de la poesía coloquial es porque ya en sus obras anteriores había iniciado este ejercicio. Podemos pensar en *Muestra gélida de poesía inconsecuente*, el poemario que le precede. En este, Santos nos convoca a un ejercicio de poesía coloquial en una de sus tendencias a mi parecer más interesantes: su ludismo desacralizador y su disposición a la meditación filosófica en la que se enfrenta el poeta con el mundo de los objetos, y de los instrumentos, es decir, con la extensión física de nuestra más pedestre materialidad.

Cuando todos nuestros utensilios hayan muerto por el paso atroz de la tecnología y por la vorágine cultural que les obliga con acelerada insistencia a los aciagos destinos de los anticuarios, cuando hayan dejado atrás su vida útil, para adscribirse a la precaria trascendencia de los museos, serán en el futuro precarias trascendencias, piezas de futuros museos, asombro de todos aquellos nuevos visitantes de los mismos. Todos nuestros restos, todos nuestros remanentes serán en algún momento carne de museo. Estarán cargados del recuerdo de su propio destino, serán los nuevos signos que se incorporarán al registro de nuestras pasadas grandezas o caídas ya al parecer infinitas. Pues parece ser que la marca de fábrica de nuestras creaciones es la de terminar agobiadas por el peso de su intrascendencia, o privilegiadas por nuestros olvidos o nuestra gratitud en las salas de los museos. Esos espacios donde el fracaso tiene el privilegio de permanecer. En ellos se dialoga con el pretérito y se invita a nuestra humanidad a una profunda reflexión, justo lo que José E. Santos trabajará en sus *Diálogos en el museo*.

Santos dialoga con el museo institucional de las cosas muertas que viven en el espacio de la nostalgia y en este caso de la cultura azteca, espacio primordial donde se desarrolla el escenario también de la caída de una cultura. Ahora el espacio no es una casa o un lugar moderno con sus acostumbrados objetos sino un museo de historia en México. Así visto, sus "diálogos" en el Museo Nacional de Antropología rememoran con sutil delicadeza el recuerdo del viaje dantesco en la *Divina comedia*, la vuelta a Comala en *Pedro Páramo* de Rulfo, *Los pasos perdidos* de Alejo Carpentier, el retorno de Ulises a Ítaca, cierto sensualismo del mejor Espronceda, las luchas míticas de dioses nórdicos y africanos en el gran poema mulato "Yelidá" del poeta dominicano Tomás Hernández Franco, entre otras posibles referencias.

El texto se inicia con un prólogo en que el poeta señala la intensidad del encuentro con ese México primordial y enigmático de la conquista y con el México que ha sido continuación de la caída del mundo indígena. Experiencia que lo lleva a hablar de un exceso sentimental y expresivo. Exceso que en última instancia es el que da sentido al tapiz semántico y estructural del poema que hace de la pieza un poema completo, pero en el que al mismo tiempo cada fragmento funciona y se fusiona como un poema autónomo dentro de la ilación narrativa de los textos alusivos al tópico del viaje y que son los que le brindan la unidad mayor tanto en el aspecto temático como en el formal. En cuanto al aspecto lírico el poema es un interesante juego entre los excesos, énfasis y convenciones que todo lenguaje poético entraña y los de la pasión amorosa. Encuentro de excesos, no de excedentes. La base de la tensión escritural que se trabaja en todos los poemas es el salto en que el poeta pasa de la meditación con la sacralidad a un apasionado diálogo con la interlocutora que, aunque no está presente físicamente, sí comparece gracias a una especie de diálogos unos ya preteridos y otros que esperan por manifestarse en un futuro y que se intercalan dentro del poema con una distinción tipográfica distinta a la del texto, en que se establece el dialogo, digámoslo así, más histórico con el museo y sus piezas. En estos "diálogos" representados con tipografía distinta, la amada es el eje de tensión del texto.

El poema que abre el libro, "Ante el portal", es el enfrentamiento con las puertas del enigma, que en la tradición mítica lo puede ser toda entrada a un espacio primordial donde el tiempo es de carácter a-histórico, primordial y donde oficiará como lenguaje del rito y de la función mito-poética la lírica de Santos. El lenguaje poético en el texto se convierte en la misa, en el rito que rememora la sangre en su carácter moderno. Estarán siempre el sacrificio y el recuerdo de la sangre producto de los genocidios que cometió y sufrió el pueblo azteca. Más adelante en el mismo fragmento el poeta hace referencia a esta sangre sacrificial: "¿Hubo torrentes de sangre / ¿Qué definieran mi presencia?". Ya en el portal junto al deseo, triste por las expectativas no cumplidas —por la no comparecencia de la amada— el poeta se enfrenta con la soledad de los arduos remanentes de pasadas glorias que aun gritan siglos de ignominia y de atropello. La visita, ese viaje al museo, que pareciera una más de un turista cualquiera a este marco institucional del recuerdo se convierte en un viaje que además de visita es agonía. Y es que desde el punto de vista simbólico el topos del viaje incluye el movimiento y la tensión que conlleva todo proceso en el que se puede sufrir tanto una evolución que podría incluir la muerte de un estado espiritual o el nacimiento de uno nuevo. De esta manera el verdadero viaje no es siempre una huida ni un sometimiento a los rigores de lo que se abandona, es evolución, movimiento hacia el ser que siempre es mudanza y no quietud de lo perfecto.

También nos encontramos en este viaje de Santos ya no solo al museo propiamente como espacio arquitectónico en el que duermen restos de un antiguo imperio, sino que la visita convierte a este lugar en pasaje de un umbral a otro. Escenificado este aserto en el primer poema se nos conduce al pórtico del clásico viaje mítico. En esta dirección, el viaje nos recuerda la llegada de Dante a los infiernos que en la tradición mítica es precedida por la de Eneas al Hades así como el descenso de Orfeo buscando a su amada Eurídice. Este viaje a los infiernos del origen mesoamericano comporta también en mi lectura coincidiendo con Cirlot en su análisis sobre la simbología del viaje un descenso al inconsciente; y, en el caso de Santos, al inconsciente colectivo en el que se invoca la memoria ancestral y sacrificial de los pueblos representados en el museo.

En este pasaje se toma conciencia de todas las posibilidades del ser en la existencia, necesarias para poder llegar a una cima paradisiaca que podría ser dentro del texto un reencuentro y conciliación con la amada y con el pasado de esta en el que el poeta pareciera sentirse rechazado. Se establece entonces una interesante, lúdica y a la vez lírica tensión entre el mundo presente de la amada y el México contemporáneo y el mundo terrible, genésico y sacrificial del México antiguo. Con ese pasado vencido, pero (re)clamante de nuestras culturas indígenas.

Es un pasado que la gratitud humanística no solo ha recuperado a través de la pasión arqueológica, sino que también lo ha rescatado en tantos textos y en tantas iconografías modernas que le restituyen una voz a los derrotados. Derrota, crueldad y belleza es lo que encontramos en un museo de historia y antropología como el de México, ese maravilloso antro de ruinas vencidas donde reina la desolación de una antigua belleza. Ese espacio rescatado a la voracidad del antiguo imperio español y que también en su entraña simbólica puede ser a su vez tanto museo como camino de encuentro y viaje no solo al centro cósmico sino al aún más acuciante centro: el de nuestra propio ser, allí donde comulga la inmanencia con la trascendencia y donde la palabra es el puente que une los diversos mundos.

Ya en "Ante el portal" el poeta enfrenta dos desolaciones que, al parecer ajenas van tomadas de la mano. El poeta comprende la soledad en dos de sus vertientes más preeminentes: la soledad del amor y la soledad que gime en las nostalgias del pasado. Nostalgia de la pasión y nostalgia de la trascendencia. En su viaje el poeta intentará la reconciliación de ambas.

En el epígrafe que inicia el poema Santos reproduce los versos del Chilan Balam del pórtico del Museo. Texto que concluye con la inmortal línea:

"También toda sangre/ llega al lugar de su quietud". Estamos ante la presencia de ese magno símbolo de la sangre fuente de energía tanto de la cósmica para los aztecas y como símbolo de la pasión amorosa del poeta, que también en su más crudo simbolismo es asunto de sangre:

> Me exige el magno museo
> que me adentre como feligrés,
> o como el cuerpo destinado
> al supremo ritual cuya marca
> ha quedado inscrita en las paredes.

Sin embargo, el diálogo será consigo mismo, con el pasado y con la raíz primordial (la que no se debe olvidar que incluye a la amada en tanto y en cuanto descendiente directo de esta tradición que suma la derrota del elemento indígena de nuestro sustrato telúrico). Es un diálogo con antiquísimas tradiciones, desolaciones, recuerdos y deseos. ¿Pero en qué lugar se encuentran la desolación de la historia y la desolación de la no presencia de la compañera? Estas se encuentran en los diálogos que el poeta recuerda haber tenido con la amada. En esa tensión donde dos lenguajes pugnan por prevalecer, pero también por conciliarse. En el mismo topamos con el pasado mesoamericano que le reprocha al poeta su condición de extranjero, de nuevo invasor, y el presente amoroso que pretende reconciliar el duelo de dos tradiciones. El poeta sabe que habla "con un presente que se ha labrado a sí mismo."

El poeta inicia el recorrido inmerso en un

recinto del que se sabe exento, no partícipe de esa antigua historia. No es su historia, aunque en su sangre lleve también remanentes arahuacos de caídas análogas. Siente que acaso por mor del deseo y la pasión pueda integrarse a la misma siendo consumado por la pasión de la sangre que es el elemento que podría unir ambos mundos. El poeta se siente que no se encuentra cómodo. De alguna manera, se percibe excluido del mundo de la amada puesto que no participa de su historia, de su hiperbólico camino de sacrificios y sangre. Y, de alguna forma redentora necesita convertirse en sujeto de la historia de la amada, tanto como en objeto del deseo y el amor de ella. De esta manera inicia el recorrido, penetra el recinto, violenta una vez más, como tantos otros, el pasado primordial, pero este es un intruso sensible y problemático viene al encuentro con la América que nos pertenece a todos.

De esta manera, inicia el recorrido ya resignado y con la pasión más atenuada por la no presencia de su amada. Reconoce entonces que la sangre también tiene su quietud, entonces se adentra en pasiva inquietud, en paradójico receso de la pulsión pasional al recinto de la historia, al mudo andamiaje donde se hace rizo de desolación la trama de la caída de un antiguo paradigma. En esta dirección el poeta nos señala:

> Hablo conmigo mismo;
> con lo que nunca ha sido,
> con lo que nunca será,
> con la espera sin promesa,

con todas las narraciones
y las simientes que nunca se cultivaron.

En el poema siguiente titulado "Vasijas", nos encontramos con la primera peripecia del viaje. Luego de la inicial meditación del poema "Ante el portal", nuestro poeta se encuentra con los primeros rostros, personajes con los que entabla un diálogo. Y es que todo el poemario, *Diálogos en el museo*, es un encuentro polifónico de pretéritos históricos y de presentes de la pasión que buscan reconciliarse dentro de la agonía del conflicto. El poeta escucha voces escondidas en los rostros-vasijas. Voces de antiguos habitantes y de ídolos que le recriminan que nunca será de allí:

—No te contestarán.
No te hablarán.
Saben que no perteneces aquí.

Es un pasado que le habla inicialmente con otra voz. En ese mentido gesto las voces se defienden de nuevas vejaciones y de potenciales injurias. La historia detenida en el museo le habla de la caída de los antiguos habitantes. El poeta se siente enfrentado ante un doble dolor. La derrota de los mexicas por una parte que es también dolor por sus orígenes y el de una pasión que entiende en entredicho y que siente no consumada. Las vasijas parecen hablarle de la amada pues ellas comprenden el "llorar de los hombres, el suspiro del maíz y la devoción de los hombres". Le piden que se abandone, que se entregue. El poeta parece presentirse cuerpo para el sacrificio de sangre a los antiguos dioses y el de la otra sangre la de la pasión amorosa. Santos quiere hacerse parte de la historia del objeto del deseo; sin embargo, se siente objeto de comunión del cuerpo de la amada y de la eternidad genésica, mítica e histórica que quisiera consumar siendo el mismo cuerpo sacrificial.

Más adelante en otro excelente texto, el alusivo a los códices se da el enfrentamiento con la escritura, con los orígenes del oficio escritural. El poeta cuestiona la validez de los signos, su certeza. La derrota de los códices que como todo lenguaje es fantasma de una realidad en el fondo inexpresable. Su desaparición como escritura es también índice de una caída teogónica. Sin embargo, el poeta que es el nuevo invasor de este espacio es a su vez también invadido en su escritura por los extraordinarios signos del mundo de los códices. Esos códices de enigmática belleza que el poeta siente que lo señalan, que de alguna manera lo marcan con un destino ya al parecer ineludible:

Es entonces que esas marcas me señalan.
Se apoderan del contexto.
Se adentran de manera imposible
en mi pensamiento, en voces yucatecas
que se esconden en todo ojo cimentado
en la occidental porfía.

El poeta se encuentra en los códices con el registro de voces ancestrales. En este momento, el poemario alcanza en su despliegue lírico una tersa belleza. Siente su amor presente cabalgando al margen de un mundo extraño de códices y grafías no cifradas. El códice también conspira contra el poeta y su afán conciliatorio. El poeta sigue siendo el extraño, el otro, el eterno ajeno. Nos encontramos con la contraposición y el rechazo de dos universos léxicos que se oponen en sus diversas teogonías, discursos, pasiones, guerras, sacrificios. El poeta rechaza la verdad del mundo de estas extrañas cifras quizás herido por sentirse excluido, tal vez por entender como poeta que en el fondo todo acto poético por más intenso que sea es a lo sumo el precario ejercicio de una imposibilidad, de un alarde lingüístico que jamás nos brindará en sus pretensiones y sus énfasis la medida exacta del universo:

> Te rechazo.
> Tu verdad no es la mía.
> Números catástrofes
> imágenes horribles
> que alardean de ser escritura.
> Solo eso eres.
> Alarde, eres, alarde.

Y es que todo acto escritural atado a las obsesiones de la belleza es un alarde, quizás un exceso. Un impedimento que ahora abisma aún más las diferencias. Sin embargo, el poeta pareciera encontrar la redención a su conflicto en el amor que con su encanto podrá sellar la boca de los códices, es decir de la historia de la tragedia, del horror de la caída, pues todos somos seres caídos.

En uno de los diálogos pasionales que intercala, en cada uno de sus poemas, señala el poeta por voz de la amada lo siguiente:

—El beso cierra la boca a las palabras
y abre la vida a la entrega

Más adelante, luego de la constatación del amor, se aplacan los signos contradictorios. La escritura poética aparece entonces, la caricia que se riega sobre el papel, ese otro códice donde se traza la pasión o el miedo a otra caída: la del amor. No ya solamente la caída de la pasión histórica, sino la de la historia de la pasión.

En esta dirección, la de la pasión por la historia, en el poema "Vals de la serpiente emplumada" nos encontramos con un intenso y dramático encuentro de culturas que me recuerda el poema Yelidá del dominicano Tomás Hernández Franco donde los dioses nórdicos se enfrentan con los dioses del panteón Yoruba por la posesión del alma de Yelidá. Aquí la voz poética increpa a los dioses aztecas:

Yo te reto a llegar hasta el sol y desafiar a Apolo

Extraño enfrentamiento de dos dioses que aunque diversos encarnan el mismo concepto de crecimiento y construcción cultural. El poeta opone sus dioses a los dioses mexicas. Se sabe inmerso en una guerra cósmica. Donde también se enfrentan y dialogan, se repelen y se reconcilian dos tradiciones, dos pasiones dos historias unidas al final por el amor de los amantes. Por esa savia infinita que suele reconciliar en todas las tradiciones los excesos de los dualismos, las contradicciones de la historia y las íntimas (contra)dicciones de la pasión.

En *Diálogos en el museo*, todos los poemas contraponen dos diálogos. Por un lado el diálogo ahistórico arquetípico con el pasado primordial. Tiempo de los dioses, tiempo del origen, de la sangre y el diálogo presente el de la amada que también por su carácter lírico tampoco participa del tiempo de la épica más objetivo e histórico. Sin embargo, este diálogo es por otra parte el diálogo de la pasión que se intensifica en el instante de la búsqueda de la trascendencia por la unión de los contrarios y que por naturaleza es también una transgresión del tiempo histórico. En realidad, ninguno de los dos diálogos que aparecen en todos los poemas quiere o pretende escapar a la búsqueda de lo trascendente.

No obstante, los diálogos del poeta con la amada recurren a otra semántica. Su tapiz expresivo es más de carácter narrativo, recuerdan al José E. Santos narrador con un lenguaje que, aunque en muchas ocasiones no se muestra renuente a los planteamientos líricos propios de toda metafísica erótica y sentimental, consigue alcanzar en forma de diálogos, estructura no de uso muy usual en la lírica (aunque de mayor entronización en los tiempos que corren), la intensidad de una poesía que recuerda los temas propios del ars amandi de la lírica contemporánea. En estas dos tensiones léxicas se trenza la batalla entre los dos mundos. En los que el poeta quiere reconciliar el mundo mítico de los orígenes y el mundo presente de la pasión, del enamoramiento. Todo esto con sus guerras, sus treguas, sus desencantos, sus victorias.

Diálogos contrapuestos pero que buscan soluciones análogas y reconciliadoras. Los diálogos de la historia de la pasión y los de la pasión de la historia nos ofrecen lo mejor de la poesía de José E. Santos en este poemario intenso que recobra lo más depurado de varias tradiciones líricas brindándonos una lectura renovada dentro de las últimas muestras de poesía amatoria en este momento en Puerto Rico.

Jan Martínez

Diálogos en el museo
(Fabulación en verso)

Prólogo

El poeta es consciente de que se ha de exceder. Así es la multiplicación implícita en el uso de la palabra. El poeta la imita, la calca, se figura cómplice de este proceso tan ancestral y superior a su propia pretensión. El poeta debe saber perdonarse a sí mismo por excederse. Quizás porque su desproporción le da sentido a lo que siente.

En México los sentidos me desbordaron las palabras. Y con ellas y en ellas las emociones galoparon en algara. La contundencia de una memoria nacional. La sustancia del relato constante de las calles. La belleza y la sinceridad de una historia personal que ha aflorado y construido convergencias.

Tan fuerte fue lo que sentí un día que pasé en el Museo de Antropología que se me ocurrió tomar notas sobre lo que veía, lo que reflexionaba, y lo que padecía. Mientras avanzaba me di cuenta de que se gestaba un texto. Decidí que al volver a Puerto Rico continuaría el mismo. El buen lector reconocerá elementos internos y estructurales de la tradición. Un poco de Espronceda, algunas remembranzas líricas al modo de las jarchas, la épica. Nunca oculto mis modelos. Presento, sin embargo, el producto afortunado o desacertado de su aleación. La culpa es del exceso. La culpa es mía, por supuesto. Es por eso que he sabido perdonarme. Lo he hecho porque poco a poco me he enamorado del escrito, del mismo modo en que me he enamorado de lo que le dio origen.

José E. Santos

Toda luna. Todo año.

Todo día. Todo viento.
Camina y pasa también.
También toda sangre llega
al lugar de su quietud.

Chilam Balam

Ante el portal

Esta urgente sensación que advierto
acopia en vuelo todas mis imágenes
y ata el inicio de esta crónica
al tránsito de centenarias sucesiones.
Ante ella, mi sueño palpita el paso
de celebraciones y temores
y la dinámica eternidad
del castigo de la memoria.
Y este contrasentido lo segregan
las calles de un México receloso,
armado con cerbatanas de Ixbalanqué,
y miras proféticas de Quetzalcoatl.
¿Dónde estás, venerada?
¿Llegarás? ¿Por qué te espero?
Día será, sin ti.
Día será, sin nuestro diálogo,
sin palabra alguna,
sin pensamiento concertado,
sin los anhelos enfrentados
de los rostros que se besan.
Guerreros todos, dentro,
prevenidos y armados esperan,
y yo,
Sísifo desatinado,

Prometeo sin fuego,
atrevido llego y conozco el final,
conozco el desenlace de la jornada,
el último de todos los trechos,
el que me trae a este recinto
en el que la historia
habrá de vencer el presente
que contigo he deseado,
mientras escucho el lenguaje de las soledades.
No es mío este pasado.
Es tuyo, te roza,
da forma a tu entendimiento
da forma a tu sombra,
a la garra que te perpetúa en mí.

Desde mi mundo sumergido
asciendo las escaleras de tu tiempo.
Entre miradas se duplican
márgenes y recodos.
Entre miradas se acumulan
engañosas las distancias.
Atento, mis ojos reconocen
el rastro de las enredaderas
que desertan de toda lectura.
Por el suelo se extienden,
por las paredes resuena
el clamor megalítico
de tu tierra usurpada.
Me recibe la voz del *Chilam Balam*
y me advierte la verdad de todo cerco:
"También toda sangre llega
al lugar de su quietud".

Me detengo.
Lo entiendo.
Consiento:
Mi recorrido comienza
con la certeza de su conclusión.
¿Hubo torrentes de sangre
que definieran mi presencia?
¿Vive en mí el fuego de este deseo
aunque se cierren las puertas
y me impongas desde tu contorno
la marca de toda mudez?
Hablo conmigo mismo;
con lo que nunca ha sido,
con lo que nunca será,
con la espera sin promesa,
con todas las narraciones
y las simientes que nunca se cultivaron.
Hablo con un recuerdo
que se ha labrado a sí mismo:

Nada soy,
nada cuento en el andamiaje de tu historia.
Entre las neblinas de cada amanecer
has de olvidarme,
porque desconozco los cimientos
de tu urgencia vital.
Anochece hoy en la antigua Tenochtitlan,
el espacio de tiempos agolpados
que te ha definido.
Aquí he permanecido
a la espera de tu semblante.
Aquí he permanecido consciente

de tu clamor milenario,
centenario,
instantáneo.
Aquí he permanecido consciente
de no poder competir
contra las batallas que has librado,
los sueños que has esbozado,
el deleite que has consumido.
Llego,
simplemente llego,
porque deseo amar lo imposible,
embellecer lo inverosímil
y rehacer el pensamiento y la risa.

Mientras paso por la figuración de esta noche,
en sueños me golpea el Zócalo,
me reclaman los pantanos
secados por la usurpación.
Me exige el magno museo
que me adentre como feligrés,
o como el cuerpo destinado
al supremo ritual cuya marca
ha quedado escrita en las paredes.
Ilusionado persevero
por que me abra tu sonrisa
las puertas
que han guardado y conquistado
ejércitos voraces
que sólo atesoran el presente.
Voces, pasos, ruidos innúmeros
que asolan y dan vueltas enteras sin concluir
me advierten que mil obstáculos

se preparan para acometerme.
Quieren que tema.
Quieren que corra, pierda
y abandone mi voluntad.

La noche, imagino la noche.
Vislumbro una imposible noche
en que ciega y cándida
se pierde mi vista en la distancia.
No veo, no distingo.
—Amor—.
Es tu voz.
Y es tu forma, tu faz, tus ojos.
A mi mente has llegado
sonreída, segura, íntegra.
Desde la sorpresa me asaltas, me tomas.
—Cielo—.
Es mi voz.
Y desde este mismo momento,
la reescribes, la reordenas....
La anclas en ti... Te anclas en mí...

Mi sangre se cuaja henchida
de alucinaciones absorbentes.
Se detiene.
Hablo conmigo o con este otro que soy
y he sido al releer
una y otra vez mi sentencia de vida:
"También toda sangre llega
al lugar de su quietud".
Acometo.
Me adentro.

Vasijas

Decenas de vasijas perfectas
me miran con sus caras pintadas.
Caras intensas, caras fuertes,
sugerentes,
cruzadas con rayas negras y rojas.
Me hablan del uso,
de todo lo instrumental,
de la conversación que establecen entre sí
los verbos de llenar y vaciar.
Me hablan y desean integrarme
a alguna específica acción.
Desean compartir un mínimo nexo.
Se vuelven caras sinuosas.
Rastro son de poblaciones enteras
que erraban entre la flor y el cuchillo,
que pugnaban entre la lluvia y el estiaje,
que vagaban temerosas de la sed
de algún dios desconocido o detestado.
Dos giran, se miran serias,
me observan atentas
como al tigre merodeador
que se sabe descubierto
por el dueño de las dinastías.

—No soy dueño —confieso—, nunca lo seré.
Pactan sus palabras:
—¿Es este un dios perdido?
—No lo es.
Su rostro no conoce
la indiferencia de las inmensidades—.
Todo es cierto. Todo lo es.
—Mi rostro es sólo mi rostro —les digo—.
No proyecta ni pretende.
Hoy camino sin finalidad—.
Me miran las vasijas,
me hablan, me retan.
—Te declaras indiferente,
pero no eres como uno de ellos—.
¿Ellos, quiénes son ellos?
¿Ellos, quién más me acecha?
Giro y me señalan sus miradas,
las del sinfín de ídolos
que cercan mi paso
y aíslan todas las eras.
Intactos, fijos,
poseen la indiferencia de la inmensidad
y profetizan desde su inmortalidad
mi futuro intrascendente.

Los busco con mis ojos.
Les acerco mis oídos.
La voz que escucho
no es la suya.
—No te contestarán.
No te hablarán.
Saben que no perteneces aquí.

Saben que niegas un propósito,
pero escondes la llaga aguda
de la sinrazón de lo imposible.
Te duele muy dentro algo
que no podrás concretar
y mucho menos comprender.
Nosotras lo vemos
porque conocemos el llorar de los hombres,
el suspiro del maíz
y la devoción del guerrero.
Nosotras lo sabemos
porque sentimos lo que imaginas.
—Déjenme, poseedoras de todo alimento.
No quiero recrearlo más.
—Te engañas.
Llegará a ti una y otra vez.
Caminarás en su neblina.
Abandónate.
Entrégate.
Más adelante el fin de tu tiempo
cesará lo que esperanzado concibes—.
Las escucho.
Pierdo las señas de mi mundo.
Al instante me convencen sus palabras
y cierro por primera vez los ojos:

Mar de luces me ofrece el horizonte.
Lo observo vigente y dinámico
desde la altura de un balcón inalcanzable.
Mi pulso es continuo.
—No tienes que mirar tan lejos —dices,
te acercas.

—No sé si lo entiendes —te digo—,
pero te juro que todo es sinónimo
de este final de mi ruta,
y vivirte es la respuesta total
la única,
la que atesoro—.
Tu cuerpo rodea el mío.
Mi espalda se entrega a tu pecho.
Tu mejilla roza mi brazo.
Tu boca a mi hombro,
tu mordedura a mi alma,
la misma que acepta el reclamo
de tus sentidos.
Veo tus ojos y los míos,
veo tus dientes en mi piel.
—No me duele.
—Lo sé: eres piel de mi urgencia,
razón de mi impresión.
—Pues soy a partir de este momento
de este presente que resume y promete
nuestro conocimiento atemporal—.
El horizonte ensaya un atardecer
que nunca perecerá.
Indica las claves
de una noche poderosa,
de un amanecer exaltado,
de un día siguiente que no termina.
Te beso.
Con esmero las manos recorren mutuas
el prefijo de este universo sensorial,
viciado y cómplice.
La brisa de este atardecer

nos habla en pinceladas
y en idiomas resueltos
por las sílabas que juntas
hilan el manto
de la noche que no reconoce
historias ni naciones.
—Esto es lo que quiero —afirmo.
—Quiero más —me dices—.
Quiero todo,
y la promesa de lo que sientes,
y de todo lo que sabes.

Mis párpados, abiertos:
Vasijas.
Sinuosas me despiertan
al trayecto sin uso ni instrumento.
Sin coloración ni matices.
—Míralo otra vez.
Es calco de un dios indigente—.
—¿Qué? —pregunto desorientado.
—Tortuoso camino el que aventuras
en este espacio que no es tuyo.
Tu mente no será vasija.
Tu mente confunde recuerdo y anhelo.
Tus imágenes, imposibles,
se complacen con quimeras
que contienen tu derrota.
Vives en el trazo
de ilusorias neblinas.

Mutan los ojos de las vasijas.
Son líneas dibujadas.

Líneas rojas, líneas negras.
Volví a mirar a los ídolos.
Su indiferencia era absoluta.
Absoluta como la piedra
que las define.
Absoluta como el alcance
de su derrotado poder.

La abundancia

Total es el silencio que concibe cada paso
que en adelante entre estos muros aventuro.
El silencio habla en idiomas concretos.
Habla la lengua del olvido de los vivos,
habla la lengua de la permanencia de los muertos.
El silencio desea comunicarme
una sensación de omnipresencia lúgubre.
Nada de temor.
Nada de horror.
Me habla de frente para que la reconozca.
Me habla de costado para que la acepte como mía,
como acompañante habitual:
—Sabes bien que vivo, que soy el arte—.
Sé que es su voz.
La he oído antes.
Y he escuchado esta y tantas otras aseveraciones
que definen y enrarecen,
que dan pie a la concordia de mis pensamientos
que dan cuenta del paso del suelo a la rosa,
de la rosa a la sangre,
de la sangre a las sílabas que se buscan y proponen.
Y se acercan a mí las paredes.
Me rodean un poco más
los ángulos y las vueltas de esta estructura.

Me llevan y depositan
en un punto determinado
que me obliga a abrir los ojos y admitir.

Reproducida ante mí,
la Cueva de la Candelaria
me adentra a su escena interpretada.
Intenta por primera vez la muerte
mostrarme articulada su placidez.

Sus bultos funerarios se exhiben
sin la timidez tácita de nuestra condición humana.
Sus bultos reciben sin impedimento alguno
el manto del polvo que se sobrepone
a la enramada de tela que les rodea,
que desde el homenaje del duelo
actúa como vestimenta descansada.
Me acerco al cristal,
escruto el ademán de cada calavera.
Regresa la postrimera voz
que no se ha apartado,
que nunca se aparta:
—Ya te ha de tocar,
deléitate en mí entretanto,
afana mis sentidos—.

Arriba la entrada simulada,
me ubica imaginariamente
en este interior inevitable.
Exhibe el rastro de la ascensión,
la seguridad del descenso.
Me habla otra vez la muerte

mas pretendo que no la escucho.
Ella todo lo sabe.
Su norte es la belleza.
Su centro es la belleza.
Y yo quisiera hoy entenderme en ella,
sentir que me abandone esta única vida,
que me ahogue el desmembramiento
de los granos que me dan forma.
Porque quiero ver el instante preciso
en el que el arte y la realidad se aúnan.
Tú, te interpones,
desde los signos de la única felicidad
que he pretendido y deseado:

—Amor, no me hables así.
No me gusta que hables de la muerte.
—Lo sé, pero quería decírtelo.
Decirte que sobre mi tumba habrá una estatua,
la de un ángel que tendrá tu rostro,
que irradiará tu esperanza,
que velará mi sueño.
—Sólo quiéreme y piensa
que nunca te vas a morir.
—Lo haré, despierto, dormido.
—A mi lado no mueres,
no lo permito,
no lo consiento.

Mayor rige, no obstante, la magna presencia.
Es total su aseveración fundamental,
su estética definición.
Porque es la muerte

de todo arte su razón.
El objeto, contemplado.
El sentimiento, plasmado
en una cadena de signos
que nada generan
si no se posan otros ojos en ella.
Y los sonidos, en secuencia
desafían toda norma numérica.
Y la edificación que llena los ojos
y nos exige entrar y vivir en sus entrañas.
Y nuestro primer contorno,
nuestro falaz cuerpo
cuya belleza radica en el celular amontonamiento
en muertas epidermis,
territoriales extensiones que cubren
la amalgama de nuestros tejidos.
He ahí nuestra belleza.
Y la navaja basta para mostrar
la palpitante fealdad que yace dentro,
que muestra lo que somos.

Todo lo hermoso es algo muerto.

—¿Ahora me entiendes? —me insinúa
y me rodea sinuosa la hora suprema.
Templado le ratifico:
—Yo siempre te conocí.

La muerte.
Reina. Rige.
Es la abundancia.

Chac-Mool

Sereno camino.
Adivino lo que ha de venir.
Se transparenta de loza a loza
este lenguaje de final
que persiste entre estos muros.
Exhalan los pantanos.
El bosque se dilata.
Empedradas plazoletas esperan
por el furor de multitudes
y por los olores sagrados de la vida.
La misma que parece huir.
La misma que se escapa filtrada y distendida.
Todo lo imagino.
Como el trazo de tus labios
que vive en ese espacio inverosímil
en el que ninguno de los dos puede entrar.
Poco a poco suspendo mi reclamo
y enfrento nuevamente esta ruta construida
con la poesía mortal de los dioses.

Y el Chac-Mool de Ihuatzio
parecería toparse de súbito
con mi veraz desentendimiento.
Se le ve olvidado, abandonado,

puesto en el centro y atento
a sentir la paranoia
de quienes lo observan con extrañeza.
No quiero que me hable.
Me asusta su preciso porte.
No quiero hablarle.
Podría intuir en mi voz
que comparto lo peor de su destino,
que permanezco en un centro olvidado,
temeroso de las miradas
de quienes se asoman o me rodean,
temeroso de la única mirada que es la tuya:

—*No me mires así.*
—*¿Tanto importa que lo haga*
de esta particular manera?
—*Vuelves a hacerlo, me asustas, mujer.*
Ven, abrázame mejor.
—*No. Quiero leerte.*
Quiero retener el miedo que te consume.
Ahí lo veo, claro y amontonado.
—*¿Ves algo en mis ojos?*
—*Veo que te acercas desde el sol,*
pero yo me he alejado más allá de la luna,
de todas las lunas,
y te has dado cuenta.
He definido los caminos
antes de sentir los hechos
y eso te aterra.
Y te aterra que en cualquier momento
se termine mi mirada.
Te veo y lo veo muy bien.

Perderás tu centro y perderás tus palabras.
Y morirás para toda ilusión.
Y sólo te quedará el deseo.
—Te tengo mucho miedo.
—Y yo te lo tengo a ti.

Y me interrumpe otra vez
el Chac-Mool de Ihuatzio.
Lo observo.
Ya no quiero entender su postura,
ni su presunta obediencia a la lluvia,
ni su labor lítica,
ajena al recuento de la historia.
No quiero compartir con él lo peor de su destino.
Quiero salir,
irme de esta sala acusadora.
Siempre, sin embargo,
tendré que volver a entrar.

Lo impreciso

Más que fría es espesa
la infinitud del mausoleo del que emerjo.
Me ahoga la densidad del aire que respiro.
He salido definido por la fricción
que incesante genera esta danza
entre la palabra y la piedra,
entre la historia que no se escribe
y el relato que deja marcas visibles.
Sugiere crepitante
soluciones sin preguntas este volcán trascendente.
Nada de reposo ni de trayecto lineal
se me presenta,
ni se le presenta a una nación formada
sobre construcciones vivas
y no sobre las ruinas de mi pretensión,
ni de las de usurpadores ingrávidos.
Es tuya la lava que emana
de este cincel de senderos y surcos.
Es tuyo este hervidero
que violento enamoró dos voces
anhelantes y guerreras.

Poseso vivo de este deseo.
Sumergirme quiero en los alucinantes licores

que te han dado forma,
que han dado sentido a esta suma de geografías.
Regreso.
Sobre la entrada de esta sala
el *Popol Vuh* conversa con mis ojos:
"Que no caigan en la bajada
ni en la subida del camino.
Que no encuentren ni detrás
ni delante de ellos obstáculos,
ni cosa que los golpee.
Concédeles buenos caminos,
hermosos caminos planos".
Me asombra y me compele.
Confieso cuán inadecuado soy
y cuán descaminado ha sido
la empresa que me consume.
Te pienso.
No por el predecible manto que me identifica.
Te pienso por la urgencia de saber
sin error ni impedimento
que esos hermosos caminos planos
formarán tu designio.
Que nada te golpee.
Que florezcas.

Acepto así mi incertidumbre.
Jamás habrá precisión.
Jamás la carne ha de ser la imagen,
porque jamás la imagen corresponderá al hecho.
A la vuelta me recibe la Cabeza de Comalcalco.
Se burla de mi intensión de juntar
y afirmar hecho y concepto.

¿Concebí el pasado?
¿Vi el presente?
¿Entenderé?
Observo la efigie y me hallo
ante una cabeza asiática,
aderezada por lo que parece
una cofia budista o hindú.
¿Cómo no sentirme al filo de la paradoja?
Acaso porque fui imagen sin obra.
En tu mente fui idea sin forma fija.
Y ahora no sé si soy un hecho
o si sigo disperso en la invención.
¿Eres real?
¿Eres la misma que entendí en mi figuración?
¿O es que entre el rigor y el anhelo alucino?
—Ambas cosas a la vez —me contesta la cabeza,
como si adivinara lo que pienso.
—¿Cómo dices que ambas?
—Que vives al filo de la paradoja,
y que hoy, entre señales
y reclamos, alucinas.
—Pues entonces me hablas y sé que no eres real.
—Dirás lo que querrás.
La verdad siempre es otra.
—Pero expreso y me afirmo.
—Poca cosa es el decir,
poca cosa el concebir,
poca cosa es el pensar.
—No eres real.
Todo esto se alberga en mi mente.
—Cuidado, que ella te escucha…

Impreciso me consterno.
Traicionado por mi propia palabra
deseo saberme cierto,
en este "aquí",
en aquel otro,
en todos.
Y saberme cierto en tu espacio,
concreto en tu devenir.
Y por un momento
me asalta una tristeza instigadora.
Y por un momento
me asola la noción
de que toda despedida es permanente:

—*Mata la tristeza, mi amor.*
Otro lugar nos va a recibir
y proteger, lo sabes.
El cuándo, ya lo sabremos luego,
lo sentiremos, nos buscaremos.
—*Sí, es sólo la tristeza de la partida.*
—*No hay partidas sino regresos.*
Regresas a tu pequeño espacio de ilusiones.
—*Y tú volverás al inmenso mundo*
que comienzas a labrar.
—*Y tú también allí irás,*
que ya eres parte del mismo.
Escúchame, estoy aquí.
No me voy.
Y no te permito que te vayas tampoco.
Ya sé que eres real,
que existes, que vives.
Te he escuchado hablarme de frente.

Te he tocado. Te he sentido.
Vendrás. Iré.
Porque sé que no me libraré de ti.
Y porque librarme de ti es lo último que quiero.

Atento y relajado te sonrío,
enmarcado por el color de imaginables ensueños.
Y dejo descorrer cascadas
de trances porosos y sustantivos.
Otra es la voz que me golpea y me aleja
de la visión de tu identidad y tu empeño.
—¡Ah, cuánto puedes creértelo todo!
—No. Déjame ya. Que te señalo. Eres maya.
—Obsérvame otra vez y afírmalo.
—Que lo digo, que eres maya,
que te han traído aquí desde Comalcalco.
—¿Y estás seguro de eso?
Hace poco pensabas que era un chino.
—Ahí lo dice, en ese rótulo que te acompaña.
—¿Y tú, crees todo lo que está escrito?
¿Sabrías distinguir entre la tinta de los papeles
y la tinta de los bosques?
¿O entre el signo de la representación
y el signo de la revelación?
—Eres maya, lo dice ahí y estás en su sala.
—¿Y tú qué entiendes de esta sala o de la otra?
¿Qué imaginas?
¿Qué entiendes, qué reclamas?
—Nada imagino.
Doy sentido a las verdades que siento.
—Eso lo puede decir cualquiera.
Yo te reto: Duda.

Que te digo que dudes,
que dudes de las palabras.
De las que lees, de las que dices,
de las que escuchas.
De las que te llevan a ella.
Duda de sus palabras,
de las que te escribe,
de las que te dice.
—¡Que te calles!
¡Que el cristal rompo y te desmenuzo!
—¿Tú a mí?
—Para nada sirves, cabeza, efigie,
y dices ser marca de la historia.
—¡Anda, rompe el cristal!
¿No te atreves?
¿O es que quemaste tus naves?
Despierta incauto forastero,
que el tiempo se te acaba.

Lo entiendo, lo asimilo.
Reconozco su ingenio;
relajado y convencido le sonrío.
Como tormenta crece en mí
un aluvión de armas caprichosas.
Y siento que de mí emanan cascadas
de sentidos porosos e inagotables.
Sonrío y me muestra cautela,
me muestra recelo.
Adivina lo que he de decirle.

—Pues bien, me entero.
Que como digas sea. Que sea.

Pero a ti, sometida cabeza,
hace tanto, hace mucho
que el tiempo se te acabó…

Camino ciego

Hinchado en mi presunción me adelanto.
Persisto ante todo ruedo.
Se enciende en mí una soberbia llama
que pinta hinchada y arbitrariamente
esta doblegada superficie.
Rehecho.
Me afirmo rehecho en el instante
de la atroz victoria,
de la carcajada injusta.
Sospecho que la caída será entonces peor,
que este orgullo se ha de trocar en desaliento,
y mis pasos habrán de hundirse
sin dejar trazo ni significación.
Respiro.
Algo ha cambiado.
Del otro lado entra la luz.
Cruzo la sala, guiado
por esa distante cercanía
escapada de la oscuridad,
y quizás fijada por los juramentos débiles
que algún dios lloró arrepentido.
Impacta esta claridad.
Impacta esta sensación inmensa,
de extensiones duplicadas.

Templos. Palacios.
Piedra que habla y limita.
Tras ella la ciudad despacha quehaceres
y doblega mestizas voluntades desatentas.
Conversan los automóviles
y se silencian sus ocupantes,
congraciados con el único destino
que fija y expone la pavimentada vía.
Acá me cercan rejas de ficciones
cuya opresión irriga desmedida mis sentidos.
¿Y ahora quién seré?
¿Ese otro que multiplicado me enfrenta a cada paso?
¿Soy una irrepetible sustancia forastera y maligna?
Dímelo tú.
¿Soy un error sin derecho ni propósito?
¿Soy tu mal, tu desacierto, tu decepción?

Camino ciego.
Mis pasos interrumpen la quietud
de este suelo revestido.
Rozo las plantas como el ocelote que avanza.
Siento las flores como el niño
que juega convencido a ser guerrero,
que juega a ser el bronceado adulto
de un soñado Yucatán imperecedero e imposible.
La erigida piedra eleva mis ojos
hasta el recinto donde la sangre
imponía el cumplimiento de las promesas.
Piedra blanca. Piedra gris.
Piedra trabajada por matemáticos escritores
que reinventaron la lectura de los cielos nocturnos.
Me desplazo entre estructuras

mientras mi mente forja esta vida
que se filtra entre sus rendijas.
Piedra gris. Piedra viva.
No hay vuelta. No hay consuelo:

— *Quizás sabes ya que no podré ser*
nunca lo que quisieras ni veneras.
—*Eres tanto ya, no digas eso.*
—*Lo digo amor, porque no quiero que sufras*
por las palabras que no pudiera decirte.
—*No lo digas. Esto no lo digas.*
No quiero caminar solo por lo incomprensible.

Revierten los simulacros.
Acarician esta piel rupestre
las manos pétreas dirigidas a lo alto.
Se conciertan sacerdotes y matemáticos
para moldear el mundo en espejismos.
Te pienso. No desisto.
Flor es la superficie de urbes creativas y condenadas.
Germina densa la ciudad amurallada de Tulum.
Desciende el caudal impasible de los dioses en
Chichen Itza.
Mágica es la pirámide que devora la tierra en Uxmal.
Vivos y consumados se destilan los murales de
Bonampak.
Las piedras. Los palacios.
El día sin ti. Los días sin ti.
Esta obcecada claridad.
Regresa el cielo oscuro.
Firmamentos.
Me observan los matemáticos.

Se ríen. Se alborotan.
Calculan.
Ponderan cuánto más vagaré aislado
entre las plantas y los templos.

Los códices

I

Y me desvío.
Como el imán me llama el cristal
y tras el cristal reconozco
el desafío de la escritura.
Reproducido se muestra
uno de los códices, eterno.
Reproducidas se exhiben
figuras y figuras,
imágenes e imágenes,
números y números.
Sus relatos llenan
un presunto cuerpo hurtado al higo.
Presuntos. Todo es presunto.
Todo es falso tras el cristal.
Ni las dibujadas figuras.
Ni las secuencias de números.
Ni los relatos de reyes
que enfrentaron sublevaciones,
sequías y a otros reyes arruinados
y sujetos a la súplica sacerdotal.
Súplica vuelta mandato.
Mandato vuelto ofrenda.
Ofrenda que se reproduce
sobre cuerpos hurtados,

sobre páginas caladas
en la faz insensible de los dioses.

Confusión.
Hablan del cielo, pero no lo entiendo.
Hablan de la tierra y puede ser mentira.
Y mi caída enrarece más todo juicio.
Y tu ausencia me lanza despojado
a admitir que esto es lo que vivo.
Confusión.
El papel que lleno de mis marcas palidece.
Se asusta.
Se cierra en sí mismo.
Es entonces que esas marcas me señalan.
Se apoderan del contexto.
Se adentran de manera imposible
en mi pensamiento, en voces yucatecas
que se esconden de todo ojo cimentado
en la occidental porfía.
Se esconden de mis ojos.
Se burlan de mis ojos,
impotentes instrumentos que alardeaban
de consumir los universos narrados.
Sus voces me desafían desde el Petén.
Escarban la distancia,
esculpen en mi rostro el abismo
que lleva a este dolor que siento,
el dolor de pensar que todo es falaz,
que vivo en la mentira,
que vivo en este empeño de engañarme
para imaginar un cielo desprovisto de tu viveza.

—Me duele, muy dentro
porque es como si nada tuviera sentido
por todas las distancias que nos separan.
—No pienses en eso ahora.
Eso no nos importa.
Vamos a disfrutarnos, a vivirnos.
—Te entiendo, te siento,
pero es como si todo fuera una ficción,
que lo que vivimos
es posible dentro de una ficción.
—Que no hables de eso.
Lo que importa es que me quieras,
que me sigas queriendo
y que me escribas muchas cosas bellas,
que sean todas para mí.

Quiero quererte, sólo quererte.
Llenar como deseas de palabras hermosas
el espacio vacío de la hoja del mundo.
Llenarlas y sentirlas reales.
Llenarlas y no tropezar
con los abiertos fosos ocultos
por esta vegetación incesante.
Incesante.
Densa vegetación de números
y nombres que construyen redes
que me son inextricables.
Inmerso nada descifro.
¿Dónde estás? Ofréceme tu voz.
No cesa en mis ojos el castigo
que entre figuras y pigmentos
perpetúa esta escritura.

Rige en esta otra voz. La siento.
Se me adentra en cada color que miro,
en cada trazo que distingo:

—Desentraño los misterios
de esta redacción compuesta.
Poseo las claves de su razón.
Conozco la ruta que señalan.
Es por eso que me escuchas viajero revocado.
Es por eso que seré más fuerte
que cualquier idea o deseo
que intentes reclamar
en este mundo que no te concierne.
—¿Quién eres? —pregunto enrarecido—.
Horrendo veo que transitas
y te interpones en mi pensamiento.
—Te contesto pues jamás adivinarías,
tan envuelto en tantas capas
de ignorancia como te percibo.
Chak Ek soy, dueño de estas páginas,
cifra del final concreto de este
y todos los ciclos de los hombres.
—No imagino tu nombre
y por el horror que supuras
ni remotamente querría adivinarte.
Vives en este texto,
vives por este texto que contemplo
y que se me adentra.
Por nada más vives.
—Vivo en él, y vivo fuera,
y mi paso anuncia el final de toda escritura.
—Quiero que te largues.

—Lo sé, mas no puedes desprenderte
de mi presencia porque justifico
y vaticino,
en el falso mundo en el que resides,
la razón de tu escrito.
—Mi razón reside en el amor.
—Eso figuras, como tantos otros antes,
pero la identidad que atesoras
anuncia cantos de guerra
que eclipsan la quimera que sientes.
A dos pasos del sol me mantengo
y desde cercanos resquicios
asolo tu destino y el de todos
a partir del amanecer
o al advenir el final de la tarde.
—Usurpas entonces a Venus.
—No usurpo,
errada y enfermiza tu visión
te impide reconocer
lo que la realidad te delimita.
—Usurpas, que no doy razón
a tu fétida trascendencia.
—¿Es el ácido sulfúrico
de atmósferas figuradas
lo que molesta tus tenues sentidos
o es el temor
que comienza a calar
el precario alcance de tus instintos?

Números y números.
Se repiten las secuencias de números
que nublan la furia de mi sangre.

Lívido permanezco
mientras recibo sus golpes,
los golpes de la escritura desconocida,
los golpes de un mundo que me rechaza,
que se contrapone a todo
lo que he creído y representado.
Chak Ek se llama este usurpador planetario,
este estafador mítico,
y me faltan las fuerzas
para erradicar su paso por los cielos.

—Me consuela que cuando estalle el sol
te vuele en pedazos antes que a nosotros.
—¡Qué imbécil eres!
¡Qué falto de originalidad
y de verdaderos bríos
para esta contienda que no podrás ganar!
Aquí no hay un "nosotros"
que te enmarque o que te proteja.
Estás solo.
Estarás siempre solo mientras paso
y cruzo el astro anunciando
que ya todo queda abolido.
—No, no eres Venus, la conozco,
es hermosa, traviesa,
anacreóntica y retozona.
—Aquí "Venus" inicia la guerra.
Soy la guerra.
Soy tu guerra y devoro tus entrañas.
—Te rechazo.
Tu verdad no es la mía.
Números, catástrofes,

imágenes horribles
que alardean de ser escritura.
Sólo eso eres.
Alarde, eres alarde.

Atrapado y asido me siento.
Atado estoy a esta lectura
sin norte que no acopio.
Todo me asalta,
muy dentro se escurren todas las ideas,
muy dentro se desmiembran todas las imágenes.
Dislate. Todo es dislate.
Todo es caer. Todo es vuelco.
Busco salida,
un talismán que me defienda,
alguna idea que lo conjure todo,
que me devuelva a mi mundo
aunque sea falaz,
que me devuelva a mi espacio
aunque sea falso.
Que me devuelva a mi paz
aunque sea imposible.
Una idea espantosa requiero.
Una idea que desarticule sus armaduras,
que lo destruya, aunque finalmente
implique mi propia maldición.
—Ven Chak Ek —le digo—,
que quiero enojarte hasta que te demuelas.
—¿Insistirás en negar mi trascendencia?
—Así como lo han hecho antes.
y como lo harán siempre.
Como lo hacen día a día

los hijos del verdadero fuego.
Te descarto Chak Ek,
que me exijo una Venus
que me entierre en la belleza.
Te devuelvo a la guerra,
te devuelvo al fuego,
al verdadero fuego,
a la mano que no titubea,
a la mano de Diego de Landa,
a la mano insensible y descarada
que no cede ni vacila.
A la mano que niega el valor de todo.
Te rechazo.
La busco a ella.
La quiero a ella.
Escúchala.
Escúchame.
La pienso:

—*Escríbeme cosas hermosas.*
Dime cosas hermosas.
Dime algo con palabras armoniosas
en este ahora, en este instante mi cielo.
—*Sólo por ti me sé inmenso,*
me sé regio y celebrante de la vida.
Paso mis dedos por tu cabello
y aspiro su balsámica vida
mientras tu mirada me impide
huir de tu mando acariciante.
—*Eres hermoso. Ven.*
Dime más, aquí, cerca.
—*El beso cierra las bocas a las palabras*

y abre las vidas a la entrega.
Las lenguas se conocen.
Los ojos se cierran para pensar juntamente
lo hermoso que es sabernos,
habiéndonos imaginado tanto.

Enmudecen números
y dioses de caricatura.
Su voz se evapora ante mi deseo.
Su forma se enrarece.
Puedo apartar poco a poco mis ojos
de estas páginas estridentes.
El fuego al fuego.
La palabra al fuego,
el fuego a la palabra y esta al fuego nuevamente.
Ciclos.
Venzo por mi deseo.
Fracaso por reconocer el marco primordial de todo.
Mi quinto ciclo se termina
sin remedio y tal vez sin esperanza.
Y lo tengo que admitir.

II

—Pues si eso es cierto, caminante,
te queda una sola ruta que tomar.

Me interrumpe otra voz.
Es femenina, pero no es la tuya.
No es lo que deseo.
Vuelven mis ojos a esta escritura enclaustrada.

Pero esta vez no es débil mi mirada.
—Más lejos no vayas guerrero sin armas,
que la única mujer que conocerás
es la que te habla ahora—.
La enfrento.
Algo de ella me es conocido.
Algo de ella me devuelve a caminos recorridos.
Su voz, sus ojos oscuros,
su cabello largo y enramado,
su gesto de control y seguridad,
su seducción afirmada
en una incógnita felicidad lúgubre.
—¿No me reconoces? Me llamo Ixtab
y para ti soy la escritura—.
El reclamo me estremece.
La sentencia retoña ramajes que…
—Que diseminan y rarifican
el aliento de toda promesa.
No te sorprendas.
Tan dentro de ti estoy
como de este cristal y de estas hojas.
Porque soy esa otra mujer que piensas.
La que escribes,
la que siempre te acompaña,
la que maldices a veces.
—¡Horror!
—Sí.
—Escritura, instrumento,
eres la otra cara del suicidio.
—Me conoces, sí.
—Me he mentido mil veces en la palabra
para rescatar de ti un ápice de verdad,

una fracción de vida que luego se deshace
con la contundencia del tiempo.
Y mi vida continúa, alerta,
dirigida hacia la consecución de experiencias
que me encaren con el bien
y con el mal que llevo dentro.
Pero tú, lo sé, eres aliada del mal.
—Es tarde ya. Ella no volverá.
Sólo podrás ser,
sentirte en lo que escribes.
En lo que permanece.
En los papeles que tanto acaricias.
En mí.
Ven que quiero tus manos,
quiero que me toques a mí.
Juega con mi cabello.
Bésame.
—Juegas a ser buena
cuando tu néctar de sentido
es un veneno tentador e irresistible.
Interpretar, rehacer, embellecer:
tu veneno llena mis venas.
—Escógeme, deséame.
A través de mí tantos comienzan
su travesía hasta la ventura.
—No te burles de mí.
Sé que no puedo escoger,
que esto es lo que me queda.
No, no te escojo.
Prefiero su sombra a tu presencia.
—Ella, en vida, sólo te abona incertidumbre.
Ven y muere conmigo,

muere con Ixtab.
Te prometo belleza.
Te prometo placidez.
—Y lo sabes, que pienso tal vez que es cierto.
Que la realidad me llama y me empuja
para consumir de una vez la vida
en un corte contundente y total.
Pero me encuentro aquí,
asimilando el veneno mortal del tiempo,
sin conocer razón fija,
alentado solamente por su voz.
—Escúchame a mí que soy veraz y permanente.
¿No dijiste antes que la muerte
es el fundamento de toda belleza?
—Lo que siento es lo que siento.
Y siento en el fondo que me he engañado tanto,
y que si sigo escribiendo se me va la otra vida, la
real.
Porque el tiempo no concede privilegios.
Quiero vivir.
Quiero vivirme en mí mismo.
Quiero vivirme en ella,
aunque sólo sea en su imaginación,
aunque sea yo una mera alucinación suya.

—*Mi reina, ¿es la imaginación más fuerte*
que la verdad?
—*No me preguntes eso.*
Te siento porque vivo.
Te quiero porque existes.
Yo no te imagino.
Yo te sé real.

Te sé aquí, ahora mismo, entre mis brazos.
—Yo te siento y te imagino a la vez.
Tal vez sea una forma de saberte.
Puedo morir imaginando,
puedo vivir sabiendo.
Quiero amar llenando mi vida
de lo único que conozco,
de todo lo que has sido,
de todo lo que eres,
de todo lo que serás en mí.
—Pues no imagines más.
Desde este segundo tu vida es toda mía,
para quererte, para sentirme feliz,
para sentirnos como deseemos sentirnos.
Y entérate de algo:
Has sido mío siempre,
desde antes de ser,
desde antes de que nacieras.

—Deja de hablar solo —me interrumpen—.
Deja de hablar con el pensamiento.
Deja de mentirte.
Yo he emergido del corazón de la historia
y te ofrezco mis manos,
mi cuerpo, mi belleza,
la que brota de este lazo
con el que comienza la única respuesta.
Mira mis marcas, mira mi cuello,
acércate y acarícialas.
Déjame vestir tu cuello
con la herramienta del verdadero amor.
—Yo escribo.
Tu lazo es menos doloroso,

pero me toca experimentar intensamente
esta muerte que me mantiene vivo.
De ti me alejo porque el recorrido no culmina.
De ti me alejo porque me toca cerrar los ojos.
Cierro los ojos Ixtab y me consumo.
Cierro los ojos y cuando los abra
he de saber que no existes
y que te desvaneces.
Y he de saber que ella,
sólo ella me piensa
aunque la sepa o la sienta distante.

Cristal,
códices,
caja transparente llena
de otras tantas mentiras escondidas
tras números y reyes,
dioses y pigmentos.
Nuncios y adivinos ocultos en la escritura.
Escribir es morir,
escribir es morir y rescatar.
Avanzo.
Yo sólo escribo:
Ella ejecuta,
ella enuncia,
ella permanece.
Yo sólo pretendo envenenar el mundo
con mi escritura,
con la propagación de mi deseo,
preso y libre,
porque estoy dentro y estoy fuera de mi palabra.
Y tal vez nunca llegue a su centro,

nunca llegue a habitarla,
a habitar su forma
y me vuelque perpetuamente
entre cortezas movedizas.

Vándalos

Puesto,
dejado a su imaginaria suerte,
abandonado a una esquina
desprovista de singularidad alguna,
veo un friso,
desprendido por vándalos,
por ladrones y oportunistas,
por seres desprovistos de pasado
alentados por la fuerza del instante.
Puedo explorar sus detalles
desde una cercanía improbable,
ya arrancado el objeto
de las coordenadas que justificaban
el respeto de las conciencias.
Descansa fuera de sitio y yo,
observador oportunista,
me acerco para asimilar sus contornos.
Quisiera tocarlo y conocer su relato,
los hechos que lo llevaron al suelo
que no le correspondía.
Respeto su descanso.
Imagino su previa altura,
su maciza edificación
sin violentar el silencio que lo acompaña.

Su paz subsiste en el hermoso fluir
que alimenta esta reconstrucción
tan mía de este horizonte previo y ajeno.

¿Quiénes son los vándalos?
¿Qué hordas germanas vuelven
a imponer milenarias su descaro?
Son hombres.
Caminan sin derrotero,
mas con propósito firme.
Antecede a su sudor el convencimiento
de que el dolor no tiene precio
y lo desechan por depreciado.
Vienen de lejos, vienen de cerca.
Viven en países sembrados de mármol y tecnología.
Viven en países sembrados de fango, maíz y cicatrices.
Se parecen a mí.
Se parecen a esta raza amerindia que también olvida.
Se parecen a un mundo mestizo
que olvidó hace siglos su origen
y se acomoda a designios impuestos
por otros relatos arrinconados.

¿Quiénes son los ladrones
de un tenaz pasado erigido en piedra?
¿Quiénes son los oportunistas
que apuestan a la liquidez
y a las caras inconstantes de un ejército plegable?
¿Cuántos son?
¿A cuánto asciende el daño y el menosprecio vitales?
¿Hasta cuándo se permitirá la secuela de usurpaciones?
No me detengo, debo seguir.

Este mismo camino que ejecuto
me reconstruye y me delata.
Me muestra al mundo como vándalo arrimado.
Me presenta como invasor sin pasado ni futuro
en esta tierra coloreada
por el ejercicio incesante de defensas y definiciones.
México me golpea en la cara y me dice:
"Te vas".
México me habla de una multiplicación de vidas
que me es incomprensible.
Me advierte de mi sinsentido,
me anuncia preciso y sin titubeos mi derrota.
Me empuja y me exige airado:
"No regreses".
No puedo contestarle nada.

—*No quiero perderte, amor.*
Andan tras de ti en cacería
voces que ni se conocen a sí mismas.
—*Tontuelo ingenuo: mientras más te oigo*
más te acuso de rayar en la locura.
—*Puede ser, que si no es tu sol*
el que me muestra las cosas,
no me comprendo yo, no me distingo.
—*Pero yo sí entiendo tus delirios,*
 con los que acaricias mi serenidad.

El friso me impone su peso,
me provee su mensaje,
me asigna las reglas de esta ecuación abarcadora
que descifras sin dificultad
y que me lanza a algoritmos

conflictivos e inacabables.
Ecuación que vives y besas.
Ecuación en que naces
y rehaces las rutas distendidas.
Y no la podré conocer.
Y no la podré contener.
México me lanza al abismo
y me enfrenta a mi propia paradoja:
Mientras más te sumo, más me divido.

El inframundo

Espacios, inframundos.
Puerta que canta a mis entrañas
los versos escondidos de Xibalba.
Cueva que ejecuta
las melodías del asombro
y propone como respuesta lírica
la entrada sin regreso.
El florentino descendió acompañado
del acopio de su humanidad versificada.
El laertíada habló con el futuro
atribulado por su eterno presente.
Yo escucho el eco de ambos
sin poder divisar sus huellas.
Xibalba se adentra en mi sangre
y enfría mis rincones más remotos.
Nada me protege ni prepara para su asedio.
Su sucesión de recintos
afianza el terror de saber
que mis palabras se consumen,
que mi búsqueda se quiebra,
que tu imagen,
gravada en cada membrana de mi cuerpo,
se disipa y se disuelve alejada e imprecisa.

Por este inframundo simulado
aunque padecido me desplazo.
Por el inframundo real
que aprisiona mis reflexiones
me detengo sin auxilio.
Las escaleras me llevan
a una suma de opacidades
que entre alternancias y encadenamientos
me entrega a la sorpresa y al temor.
Asalta mis ojos el fulgor
de los objetos concretos
que enterrados en las paredes
vuelven mausoleo el contorno de esta muestra.
¿De dónde emana este brillo
que cortante trasciende el marco
de cada uno de mis designios?
Aquí no me salvará Tiresias,
ni los oráculos, ni las sibilas.
Aquí no me previene Virgilio
ni se asoma Dante para indicarme
las claves que me lleven
a la contemplación de mi Beatriz.

Mina de escorpiones mi pensamiento.
Ríos de sangre el caudal que me asalta
y que llena todo ensanche
de este circuito en que la verdad
se encuentra con su sombra.
Paso por paso, cada cámara
se exhibe y me propone
retos irritantes y ajenos
a las simas egipcias,

a la indagación homérica
al descenso de un cristo.
Y al enfrentar la secuencia
de túneles falsos y detenidos
los gatos imponentes me muestran sus fauces
al borde de concavidades imposibles,
mientras prometen mutilaciones
desbordantes y me lanzan al filo
del sarcófago de Pakal:

—Y este viento que viene de lejos
llevándose todo mal pretérito,
llevándose toda ansiedad...
—Soy yo más allá de toda lóbrega silueta.
—¿Por qué me eliges si soy una hoja perdida
y arrastrada por tanta caducidad?
—Te escojo porque desprendido alumbras
cada una de mis umbrosas clausuras
con el celo de tus caricias.
—Arrópame, tú, como el viento,
desde lejos, desde siempre,
y anúnciame que todo termina,
y que todo se inicia aquí,
al morir pleno y extenso,
definido por tu intensa felicidad
y la seguridad que ofrecen tus labios.

Pesado bloque que en lo oscuro
multiplicas la cripta de toda determinación:
¿Qué hacer para volverme dios
en el escrutinio de esta eterna paciencia?
Exclama su clausura, pide encerrarme,

enterrarme este monolito cincelado
bajo su imagen danzante,
su figura que junta las alturas
y el poder de las profundidades
inexorables e impías.
Sarcófago, inframundo,
infiernos que se multiplican
y que reducen el marco y el alcance
de la palabra viva:
Observo la máscara de jade
y veo con distinta claridad
el destino de todos mis pensamientos.

Consuelo tolteca

Emerjo y pasar alcanzo la ruta distendida,
camino hacia el paraje inescrutable,
al punto en el que el túnel se transmuta
en senderos de canción y de maíz,
vías que seducen con el silbido del reposo
y los himnos centelleantes
que injertan el nuevo ciclo de todo alimento.
Consuelo cantar en esta senda,
consuelo imaginarme a tu diestra
y confirmar la infusión urgente
que me ofrecen tus ojos,
los mismos que dentro de mí
erigen mil estructuras,
y que en lo profundo edifican
ciudadelas de sentido y palacios de efervescencia.

Mis pasos me llevan lentamente
al prisma construido por los hacedores toltecas.
Color,
rige el color y las cadencias
que corean incesantes besos a mis pupilas.
Rojo fondo me abraza y detiene
como un fantástico remanso al que entrego
mi cuerpo cansado y mi mente deshecha.

Azul fisonomía que crece
y genera las curvas del alto maíz,
y la sonrisa de la iguana,
falaz pero reparadora.
El amarillo posee en sí mismo
el secreto trabajo de la vida,
el denso reloj perpetuo de la semilla.
Color,
receso y fuente de mi impulso,
creador de este ámbito que me sumerge
en un dormir y despertar serpentino.

—*Me dormía, perdóname,*
llévame contigo hasta tu cielo—.
Me llevas.
Nada más intenso que sentir tu mano
sustentar la mía.
Abro y cierro los ojos por instinto.
Seguro, confío todo lo que soy
a tu paso y designio.
Se abre una puerta.
—*¿Qué hacemos* —*te digo*— *estamos fuera?*
—*La noche está hermosa* —*me dices, convencida.*
Y me invitas a nuevos espacios
cerrados y seguros
que tu cuerpo proyecta sobre la noche inquietante.

—Que despiertes te exigimos
de toda noche y de todo día—.
Voces son de los Atlantes,
protectores que el mundo erigido sustentan
del dios gemelo del juramento incumplido.

—¡Atlantes, reposen!
No volverá el gestor deseado
pues su mundo ha sido destruido.
—Sólo tu orbe, forastero viciado,
muestra sin refutación haberse demolido,
porque ella no te sueña,
porque ella no te vive en su sangre milenaria.
Todo perdiste,
y la mina de la que mana nuestro lítico derecho
te repele,
te impugna,
te objeta y refuta ante la única historia,
te desmiente y te niega en el ardor de su ensueño.
—Pues sea, que ella nunca me requiera,
traigan entonces a su maldito dios,
a su gusano de piedra
para escupirle abominaciones
y blasfemar hasta morir en el barro
que creó a los primeros hombres
licuados e imperfectos.

Vals de la serpiente emplumada

Golpe feroz es el del silencio.
En mazmorra habitual se torna
de la reflexión de nuestros yerros.
El silencio produce la mudez,
y la mudez entona el sigilo
que revierte toda humana presunción.
Golpe feroz el de la escultura de este dios de piedra,
caverna de esta regada cultura
que enfrento con mi muerte en las manos.
Cuerpo monumental,
desde lo alto cae la mirada de Quetzalcoatl,
mirada que desde el silencio fragua
la destrucción de mi médula
y de toda mi definición.

—¿Quién eres Quetzalcoatl? —pregunto airado—.
¿Un Gukumatz deformado por su propio tiempo?
¿Un Kukulkán mal escrito o derruido?
Serpiente emplumada te declaras.
Yo te reto a llegar hasta el sol y desafiar a Apolo
que palabra por palabra
y flecha a flecha
ha de cruzarte de extremo a extremo.
Gemelo eres del perro maloliente

que ni ladra ni asusta
y que es otro que pretende ocupar el hermoso espacio
que Venus acunó en mi centro—.

Nada me contesta alto e imponente.
Nada me muestra de la empresa
que milenaria forjó tus suelos y tus ríos.
Nada le importuna como quien ignora
la presencia del insecto guarecido bajo su suela,
como quien sabe que su existencia misma
implica todo lo que acaece.

—Bailemos dios del recuerdo,
dios de las almas derrotadas y olvidadas —le insisto—.
Bailemos sobre tu México disparatado y desierto,
tu laguna seca,
tus calles empedradas con las sílabas de otro idioma.
¿Quién fuiste para defender a tus hijos?
Te esperaban y menuda broma permitiste.
¿O no eras tú el mismo
que llevaba barba larga blanca?
¡Oh original calco estético y cosmético!
Un dios de barba blanca
me defiende entre tus huestes.
Un dios de barba blanca
acabó con todos tus fieles,
y te borró para siempre de la cotidiana pertinencia.
Un dios que se esconde,
un dios que no existe
y que se esconde tras la cruz incipiente
de un dolor ininteligible.

Zeus alumbra olímpico mis pasos.
Yahvé celebra su botín en templos
que tachan tu gloria.
¿O fue algo más simple
lo que al anonimato te ha lanzado?
Tú, Dios de la barba blanca
que se hace pasar por culebra voladora,
yo te la mezo cidiano
en honor de los ejércitos comandados
por el descuidado y ambicioso extremeño.
Tus hijos te traicionan Quetzalcoatl:
Pactan celestinescos el viaje
que comenzó el Caballero de la Triste Figura—.

Otra vez me espera el silencio rupestre.
Mi pobreza es su propia muerte.
La pobreza es múltiple,
es mía, es la de todos,
es la ignorada por siglos de obra humana,
obra divorciada de las carcajadas sagradas.
Mis ojos delatan la fe perdida
de quien solo desea sentir el abrazo
de una mujer perdida a los siglos.
Busco la mirada de quien alienta mi única vida.
El alivio de tu sublime voz,
hoy ausente,
y tal vez hasta tanto, hasta tanto….

—*He llegado hasta ti.*
Ante mí sonreías
como sólo el devoto
imagina que la deidad

lo ampara.
—Y yo también te vi...
—Eres más real
que la escritura
que cimienta la historia,
que el incienso
que transita los mundos,
y que el tiempo
que da forma al pensamiento.
—¿Me sientes?
—Toda,
toda dudosa y expectante,
maravillada
y llena del deseo
de entender las claves
de esta pasión delirante,
de este impulso que forja
su propia ruta
sin atender a las convenciones
ni al sentido común.
—Llegas
—Llego,
me repito y me repito,
incierto de habitar en la vigilia
y temeroso de despertar
y llorar por tu eternidad perdida.
—Acércate—.
Y me acerqué,
toqué tus mejillas
y aprendí por fin
a hablar el primero de los lenguajes
y todo lo entendí,

llevado por la ruta de sentido
que tu voz me entrega.
—Ven —me musitas.
Vine y vendré
porque quise,
porque quiero:
He llegado hasta ti
ciega e incondicionalmente
y te he prometido
la razón de los universos.

—¡Oh Quetzalcoatl, soy yo el que te llama!
Peñón callado, muro vencido y derribado,
nadie eres y nadie serás.
Yo no soy hijo de ninguna casualidad.
Soy hijo de la usurpación.
Soy hijo de tu destrucción
y de la de tantos que erigieron esperanzas
en los dioses del terruño y de los astros,
y en la obra de sus propias manos.
Soy hijo de la supresión de esta tierra
que nunca será de nadie.
Porque sabías que pasaría.
Porque esperabas que llegaría
la era de esta nueva depredación.
Cazador acechado: huiste—.
Y los ojos de piedra se avivan inmóviles.
Y la boca se tuerce sin conmoción.
Y entonces clara, por un instante,
se siente su voz corriente,
uniforme,
inconsecuente:

—Nunca ella posará sobre ti sus ojos
con la firmeza de la devoción…

Piedra del Sol

Fuerte es la caída que muele mi cuerpo
y desmenuza todo vestigio de mi osada marcha.
Caigo hasta los últimos suelos.
Caigo hasta el último signo
que sobre el tiempo rige
y me obliga a levantar la vista
y a reconocer mi propia lucidez.
Bajo este signo vulnerado
se extiende lo que queda de mi atrevimiento,
de mi empresa, de mis ansias,
las mismas que me adentraron
a este recinto en que dos historias
se juntan multiplicadas por los ojos que registran
y las mentes que asimilan o desestiman,
curtidas del lastre del presente perdido y dosificado.

Bajo este signo vences.

La Piedra del Sol impone su faz creciente,
desde el centro de todos los centros
hasta el filo de todos los límites.

Se mueve.
Retrocedo ante su avance.

Me abandona el arrojo
que hasta este instante me sustenta.
La observo.
Se adentra en mí desde dentro.
Se fortalece.
Gira concéntrica
alternando la orientación de sus anillos
y la trayectoria de sus circuitos.
Me amenaza.
Quiere definirme,
quiere transformarme,
quiere que acepte,
que consienta, que afirme.
Y sus ojos me hablan de otros ojos.
Y su boca me habla de otra boca.
Y lo advierto todo.
Discierno esos ojos
que bañados de duda y recelo
se apertrechan con el ardor de los siglos
cincelados en esta geografía
de estuarios perdidos y volcanes olvidados.
Y siento el temor que imprime su embestida,
que se duplica en el aire mismo,
en este plasma, que adentrado rodea
la definición de toda superficie.
Y acepto, y vivo mi exclusión.
Siento esa boca distante que proclama
"Me perteneces desde el día en que naciste",
la misma boca que dirá "No"
hasta el día final del último de todos los calendarios.

Inmensa, la piedra amenaza con caer sobre todo.

Sustenta el tiempo y doblega los hechos.
Avisa que ha de eclipsar
toda lumbre plácida o embravecida.
Conversa remota con las voces
que nadie percibe,
las que danzan entre cifra y cifra
el acomodo de hélices y roscas
de mecánicas imposibilidades.
Puerta es que lleva a deshacer todo orden,
a descomponer la secreta filiación de las cosas,
a desarmar las mentes y las manos
de quienes escrutan el mundo.
Disuelve mi resolución temeraria
y el eco de las voces que te repiten
y te dan forma en mi conmoción,
en mi intento por desatar y acaparar
el sentido de todas las estaciones.

El invierno desea ser primavera.
Y en cada año se ofrece el beso
de esta tentación en que se regodea el calendario,
atento a la seducción de las efemérides.
Y nos cansamos de llamar las cosas.
Y el calendario se cansa de ser un índice,
de ser un símbolo.
El calendario quiere ser real.
—Bésame otra vez mujer.
—Tú lo que quieres es que te muerda los labios.
Te conozco.
Déjame mirarte a los ojos.
¿Quieres que te muerda verdad?
Pídemelo.

—Muérdeme los labios.
—Quiero oírte mejor. Más fuerte.
—Muérdeme los labios. Te lo suplico.
—Así...—.
Es un engaño el tiempo.
Calendarios y relojes,
fechas y cálculos que precisan
el ordenamiento de los objetos,
del electrón a la galaxia.
Aquí, en lo absoluto,
sólo se siente esta precisión de forma y sentido,
la misma que hace combustible intenso
el centro de los soles
y la aspiración de las ideas.
Esta primavera desea ser verano.
—¿Te gusta verdad?
—Sí.
—Dime que te gusta. Te lo exijo.
—Me gusta besarte mujer de los instantes.
Me gusta que me muerdas.
Me gusta saber que he perdido el tiempo toda mi vida
porque no conocía tu boca.
—¡Hostia! ¡Dímelo!
—No sé nada de nada. Enséñame por favor.
Enséñame a ser hombre contigo.
Hoy quiero aprender a vivir.
—¡Júramelo!
—Aquí y de frente.
Olvido mi sentido común,
mi resistencia, mi sensatez.
Mi presencia es mi juramento.
—¡Mírame a los ojos! No me mientas.

No me digas las cosas para sólo complacerme.
—¿Qué más puedo decirte?
No me queda más discurso.
¡Siénteme!
Te pienso, te imagino,
rehago un mundo que aleja toda marca
de lo definido en la distancia y en el pasado.
Te hablo desde la razón,
desde el instante en que se decide
porque no queda ya más qué decidir en la vida.
Hoy decido por fin. No quiero decidir más.
—¿Así? ¿Lo sientes así?
—Acércate. Tócame todo.
Tócame y siente mi respuesta.
—Tócame tú que lo he soñado mil veces—.
Se suman los calendarios en apariencia textual.
Se inaugura así la historia.
Batallas, decretos, redacciones,
imprecisiones y reivindicaciones.
La tribu pasa al conglomerado,
y en algún momento llegan las naciones.
Los imperios surgen,
se desahogan, se retuercen.
Auge y decadencia,
muerte y redefinición.
El ciclo no finaliza.
Vida, mucha vida.
Siento tu vida.
Y tu vida es la vida.
El verano se siente verano.
—¿Me sientes, mujer?
—No me sueltes.

—Sólo sueño con este lenguaje
que mis dedos te ofrecen.
Y ahora lo vivo.
Te toco y soy feliz.
Te toco y me doy cuenta
de lo que siempre he querido hacer.
—¡Atrévete más!
—No moveré mis manos de ti.
—Y yo no moveré las mías. ¿Oíste?
—Endurece mi latir.
—Endulza mi tersura.
—Nada sin ti.
— Tu cuerpo es mío.
Tu mente es mía.
Tus sueños...—.
El verano es verano.
No hay otoño.
No habrá más invierno....

Rugen y se estremecen los suelos.
La Piedra del Sol rueda desanclada.
Temblores fabrica enconada y violenta.
Con ella se alborotan todas las fechas.
Con ella se acaban de golpe las imágenes
que palpaban mi integridad
y que besaban la entereza
que guiaba mi sensorial odisea.
Robusta me impone su celo.
Recia legitima todo lo que me niega,
y lanza a los abismos el silabario de mi delirio.
Por vivir mi arrebato me disgrego.
Por olvidar las sangres de esta Mesoamérica infinita

me juzgan los brazos
que concretan los ejes de tu vida.
Y con razón me prenden.
Y con razón me torturan.
Yo cerraba y abría los ojos para buscarte
y vivirme al verte en el ficticio mundo
de mis sombras,
verte y sentirte,
sentirte y exaltarte.
México me acorrala.
México no perdona.
México te protege.
Y la Piedra del Sol abre sus fauces
para devorar mi cielo,
para declarar mi infierno,
y para entregarme a las huestes
que han redactado esta verdadera historia,
y que agolpadas se prestan
a impartir su evocada justicia.

Temalcatl

Frente a este cerco final me detengo.
La abovedada inmensidad me amalgama
y críptica potencia los alaridos
de esta eterna multitud
que demencialmente sonriente me recibe,
encolerizados sus recuerdos,
descongeladas sus lágrimas,
celebrantes de esta lenta mortandad
edificada por mis manos
y que me posa en su sede,
su ceremonial aplazamiento del tiempo,
su abolición del paso de los seres inciertos
que caminan,
que observan y nada perciben.

Grito espantado,
devoro concreto las llamas
que alumbran el paso recto
hacia la piedra Temalcatl,
cilindro inmolador:
rueda esculpida
en que se abocinan las identidades
ante el impuesto capital que exigen los dioses.
Acólitos del brazo me sostienen,

sin estrellas la noche se derrumba,
sin estrellas acuden al llamado
y me rodean las masas vencidas e intangibles
atentas a esta distintiva venganza,
atentas a tu condena,
a mis últimos instantes íntegros
posado sobre esta peña,
sobre este montículo tenaz
que vierte las sangres
y clama por la expiación final
de almas ajenas y desentendidas,
seres imposibles
que pregonamos nuestra presencia imprudente y
engreída,
que llamamos nuestro a todo un mundo
sin conocer siquiera
el verdadero sueño de su incógnita intimidad.
Y así,
arrastrado a este escenario
ensayado por las tintas de Ixtab,
lloro por última vez la verdad de mi suerte
escuchando las carcajadas del perro Xolotl,
los alaridos del penígero Quetzalcoatl.
Entre sus burlas y su victoria
eres tú quien sobre mí avanza,
dueña de mi respiración,
coronada con un penacho selecto,
tu cuerpo cubierto del azul infinito
tus ojos y tu frente del negro de lo recóndito,
tú,
rodeada de picaflores,
con el puñal de piedra y la mirada serena,

alzas los brazos añiles
y proclamas el beso de las sangres.
No cierro ya más los ojos.
Enfrento lo que he sido,
afirmo lo que he hecho,
te miro directo a los ojos
y cae el puñal a destruir todos los anhelos.

Pétalos.
El suelo está cubierto de rojos pétalos.
La luz atraviesa cortinas
y domina una luminosidad insinuante
y tranquilizadora.
Muerdes un pétalo mientras todavía duermo.
Tomas un pétalo y lo pasas
delicadamente por mis labios.
Despierto poco a poco
y sonrío al besar tu ofrenda.

—Buenos días amor —te digo.
—Buenas tardes, que pasan de las doce.
—¿Tanto he dormido?
—Tal vez no tanto.
Tu boca ha sido mía en este lapso,
tiempo que no has podido reconocer
y que me ha hecho sentir mujer
más allá de los confines del planeta.
—Dices algo sublime
y te veo en los ojos una felicidad
que hasta yo desconozco.
—Porque cumples.
Porque cumples lo que prometes y deseas.

Y ahora lo sé.
Y ahora me siento segura
aquí entre estos pétalos
que dominan el suelo
y le dan un olor sublime a la humedad
que hemos trabajado con nuestros cuerpos.
—Es hermoso lo que me dices.
Yo también me siento diferente.
Siento como si nada malo jamás me fuera a pasar.
—Lo sientes porque es verdad.
—Lo siento y me gusta que lo sientas.
—Eres en mí.
—Entre estos pétalos lo juro.
—No jures ya nada.
No saldremos nunca de este recinto,
de esta habitación
que sólo destila deleite y quietud,
que el tiempo ha diseñado
para que siempre estemos cerca,
juntos, delicados y calcinantes.
¿Te asustas?
—No, porque conozco la puerta
porque conozco la verdad de los textos,
la verdad de nuestro texto
donde nunca pasa el tiempo
porque jamás partiremos.
—No saldremos de este cuarto.
Es nuestra cápsula,
nos amaremos como si fuera el primer día,
y todo día siguiente
sentiremos como si fuera el segundo,
maravillados de quienes somos.

Serás mío
y tu único compromiso con el mundo
es amarme de este modo en que lo haces.
—Nuestra es esta cápsula de luz tenue y de pétalos.
—¿La deseas?
—Soy feliz.

Los cuerpos vuelven a reconocerse.
Las almas se entienden más allá de todo sentido.
Ruedan entre pétalos los cuerpos.
Ruedan entre sangres las almas.

Levantado el corazón supura su alimento
mientras la multitud clama
por la mutilación de mi plenitud vencida.
Liban mi néctar los picaflores.
Quemado llace en el cuaxicalli mi aliento entero.
Quiero escuchar tu voz
y estas paredes me lo han negado.
Quiero escuchar tu voz
y este espacio me despide.
Quedan mis ojos cincelados
por este lítico e inmortal raudal.
Cientos de brazos imposibles
lanzan mi cuerpo a un depósito pavoroso.
Entre repugnantes simulacros
fallezco repetidamente.
Muero en la narración
de una historia nunca comenzada.
Mi sangre invisible impregna
esta tierra que me niega las palabras.
Tú has dicho que no.

Me muestra Huitzilipochtli un ramaje de veredas.
Me expulsan los picaflores,
me persiguen,
me vigilan,
me acechan.

Museos

Luz y vigilia me asevera el definitivo portal.
Desde el otro lado llama la razón,
acaba el sinsentido
y aguarda la coherencia.
Conjuro los espejismos
al reafirmar
la única verdad de todo museo.
Hórreo de historias inciertas,
silo de hilos inconexos
que privilegiamos desde una ambiciosa pretensión.
Soy mi propio museo.
Soy un compuesto
de reliquias insubstanciales
que ha esbozado justificarse
al revelar que te ama.
Por tu ausencia
hasta aquí me he aventurado,
alerto he querido concebir una dualidad
que me es desconocida
y he deseado impulsar mi empeño
hasta los límites de todo ardor.
Padezco y quedo en la indiferencia.
Museo soy,
sí,

museo cerrado,
sin tema ni visitantes,
sin vida ni regreso,
porque me he atrevido a entender
la intensa flor que nace de tu centro.

—*Nada he merecido.*
—*Pero has germinado en mi pensamiento.*
—*Me echa la tierra, llévame a ti,*
y precisa la labor que mi boca
promete entre la voz y el deleite.

A la salida el paisaje esboza sus omisiones.
No me esperan mirmidones, ni argonautas,
ni la promesa lejana de una Ítaca expectante.
Es cierto: Quemé todas las naves.
Grabado en el postrer muro dialogan
los Cantos de Huexotzingo y me precisan:
"¿Sólo así he de irme?
¿Como las flores que perecieron?"
Todo ha acabado.
Permaneces en mí.
Aquí afuera,
en la columna central,
la lluvia es perenne.

Calles de Polanco

En estas calles

Abajo
tu ciudad despierta
y anuncia florestas de domingo,
y mis ojos se posan
descansados
rozando los contornos
infinitos de su historia.
En algún lugar de estas calles de Polanco
respiras,
y yo quiero imaginarte
bajo la luz que entra
por tu ventana,
abriendo los ojos,
pensando tal vez que existo
y que privativamente
revisto de ti mi entendimiento,
reposado y distendido,
y que mi cuerpo y mis palabras
delinean mapas por tu geografía.
Florecido por el fervor que siento
te reescribo,
te celebro
y beso tus segundos,
tus minutos,
tu historia.

Te acercas

Te acercas.
Desde la puerta avanzas
en silencio
y tu mirada me asegura
que no es ficción
el paso de los segundos
que hoy sentimos.
Te acercas más.
Mi sangre te reconoce.
Dejo de ser
para volverme este deseo
que discierne las claves
de esta única razón nuestra.
Quiero verte,
verte toda,
te lo suplico con mis ojos.
Quiero sentirte,
sentirte toda,
te lo aseguro con el tacto.
Te llamo.
Es mi voz la que cruza
este corto espacio
y la que escuchas atenta
ya decidida a celebrar

el rito que han atesorado tus sueños
y que has consumado silente
en la oscuridad de tus noches distantes.

Tus ojos me lo dicen todo.

Tu sonrisa me adelanta el cielo.

Te recibo sentado
y te acepto.
Sobre mí vuelcas tu cuerpo entero
y ejercitas tu tiento anhelante
hasta que tus labios
deciden ya de una vez posarse
sobre lo que siempre han poseído.
Mis manos te saludan
con desenfreno,
con el descaro que sólo
se le permite a quien se ha entregado
sin haber esperado nada,
a quien se entrega sin dudar
porque sabe que placer y entendimiento
son ya una sola verdad.
Me besas, te beso.
Pieles y salivas que fuertes
se consumen ellas mismas
sin más nirvana
que el juramento de ese instante.
Y me hablas,
y me pides al oído
maravillas que nacen
de tu intensa locura.

Las deseas, las impones:
sonrío enardecido
y acepto tu reto indecoroso
porque lo quiero,
porque no quiero otra cosa,
porque deseo vivirte
y saberte perfecta
así,
montada sobre mí,
aceptando la fuente de mi dulzor
y escribiendo conmigo
estos versos que ningún otro poema
podría dar a entender
porque se escriben
y viven en un nuevo idioma
que sólo lo descifra
la tensión delirante
de todo lo que sentimos.

Llego, estoy aquí,
y te prometo la locura
de esta adoración
ciega e intensa,
sensorial, vital y absoluta.
Llegas, estás aquí,
y me haces jurar
que esta mente
y que este cuerpo
que te transita
no serán de nadie más.

Carta astral

Me rigen los astros,
la luna que te replica,
y este febril estremecimiento
que desde dentro te anuncia,
que desde dentro me entrega
a un huracán de sensaciones
que acepto,
que de súbito se extiende
y me lleva
a la obediencia absoluta,
aquella que desde tus labios
me comunica esta única verdad
que debo al mundo
y a los cielos,
y que no quiero perder
ni dejar de sentir nunca,
ni siquiera cuando el tiempo
celoso y virulento
detenga mis latidos.

Mirar

Lo he prometido.
Otra voz no aliviará mi suerte.
Otro cuerpo no entenderá mi goce.
Otra mujer no existirá
que concreta y sin titubeos
defina mi obscena acción,
mi deseo de herir el mundo
con manos anhelantes
y apaciguar las venas del placer
hinchadas con suspiros
de mi totalidad creciente.
Te lo he prometido.
Y tú, mujer que das forma
a estos carnales juramentos,
¿qué labor urgente deseas que te imponga?
Ven, ávida y plena
y obsérvame, cerca,
atenta, indecente…

Saber

Y el latido de la sombra por las calles.
Y el árbol del olvido que recrece.
Y el lamento de la lluvia que tiende a repetirse.
Todos amenazan,
imponen el silencio de los desiertos,
el peso de estos segundos inciertos o desaparecidos.

Te busco.

No existe otra verdad.
No florece el trazo de otra existencia.
No hay pasado intermitente
ni dolencia más severa que sentir
como se entreteje la tela
con esta paradoja intensa y desesperante.

Te busco.

Me es imposible la huida.
Mis ojos sólo viven porque se alimentan
de la silueta conceptual de tu rostro.
Ven porque ves, miran porque miras.
Nada perciben oscuro, nada pierden
al esperar tus señas, su único deseo.

Te busco.

¿Es buscar un nombre en el vacío?
¿Es profesar una fe indeterminada?
¿Es sospechar que un día la nada
me ha de llevar al cieno los anhelos?
Cada pregunta se contesta a sí misma,
cada respuesta me devuelve a tu paz.

¿Dónde estás? No me importa.
¿Cuándo será? No me atormenta.
¿Qué forma y qué sentido tomará
esta suerte a la que apuesto convencido?
Todas. Toda forma si tú la concibes.
Toda imagen si tú la dibujas.

No pregunto.
No camino.
No apuesto.

La sombra del árbol bajo la lluvia se lamenta.
La fe imposible del vacío se desvanece.
Son sal y agua.

Me busco, te busco.

Me encuentro, te encuentro.

Te sé.

Vigencias

¿Cortará el aire las sombras
que desestiman y renuncian
a la ruta que hilvanas y discurres?
El rugido se incrementa
y la flor renace
abonada por tenacidades:
hambre intensa,
vuelco sin medida,
cólera sin llanto.
Cruda
la realidad reconoce
su única reconciliación:
Por sobre el celo de la vida
proclamas tu vigencia
más allá de las ansias,
allí,
en el espacio preciso
de los desvelos.

Beso tu confesión

Beso tu confesión
y exijo tu escondida apetencia
álgido y dispuesto,
por la ruta que encienden las sábanas
y que culmina en el canje de los sueños.

Quiero escucharte decirlo,
quiero proceder ungido
por la certeza de tus palabras proscritas,
desinhibidas y atentas a su verdad,
desafiantes,
colmadas del acaramelado gusto
que hierves y transpiras.

Me acerco sacerdotal y converso,
sujeto por el recorrido de tus manos,
incitado por el acento de verbos indecentes
y adjetivos deliciosos
que dentro ya de mí
minan y laboran el oro de mis ansias.

No quiero hablar otro idioma.
No quiero entender más goce que el tuyo.
Si asoman el sentido común

y el rigor de la cordura
los rechazo hoy, como entonces,
y le advierto al trazo de porvenires
que mi tiempo ha finalizado,
que el roce más leve de tus sentidos
afirma mi terminada senda
y consume, firme y exquisito,
el orden que persigo.

Todo es, todo ha sido, todo será.
Quieto aguardo por el ensueño de tus manos
el mismo que empeña tu sed,
que articula tu avidez,
y que a modo de encantada enredadera
alucina todo mi entendimiento.

Cerca, muy cerca, me confiesas.
Me estremece tu convencimiento.
Me afirma tu ramaje de resonancias.
Me construye el velo de tu razón.
Quiero sentido.
Quiero tus sentidos.
Quiero llamarme como me llamo,
un nombre, un concepto, un cuerpo,
labrados por una fricción infinita,
por un contacto indeleble,
por un ruego solemne,
el que vives,
el que defines,
el que confiesas.

El presente

Eres como el presente
que no se agota ni se aleja,
que no se anuncia ni se impone
que labora instantáneas señas
que surgen y se transcriben,
duplicando toda mismidad
y desatando toda diferencia.
Súbita e incesante tañes
en mi interior todo:
Campana me vuelves,
resonancia soy,
volcán que tiembla,
que anuncia destrucciones
y rearticula la ruta de la vida
con sólo escuchar tu voz
o saber que he de verte.
¡Tanto forjas mi introspección!
¡Tanto me acompaña tu rostro
que no distingo más paisaje ni derrotero!
Ni la precisión de los archivos,
ni la sabiduría de los astros
ejecutan la escritura del tiempo.
Ya todo es sólo presente,
todo es este ahora,

este vibrar que detalla mi existencia,
que proclama mi terminada naturaleza,
y me lleva a sentir el único ardor
que da sentido y traza la forma
de mi vital pensamiento,
de mi final deseo,
de mi último cielo
y de nuestra plenitud.

Albor

Se extiende el cielo como la ciudad.
En la distancia se junta
con las siluetas enrarecidas de los montes.
Ciudad, monte,
el río de seres humanos
que se agolpan en el caudal de la vida.
Los insectos, las aves y los pensamientos
convergen en una reconstrucción intensa de signos.
Como palabras los jacintos
se vuelven sangre de sol,
sangre de la luna,
médulas de la totalidad.
Pétalos del jacinto tu piel.
Albor sensual de la divinidad misma.
Razón de la precisa eternidad
cuando tus propios ojos recorren tu extensión.
Tus propias manos te celebran atentas y fieles.
El espejo te reproduce febril e insistente.
Conoce tus pensamientos.
Conoce el juramento tornasolado
de tus dedos y la urgencia de la luz
que sólo vive si floreces.
El monte busca su cielo.
La ciudad los enlaza.

El horizonte se transforma en tus dedos
que descansan silenciosos sobre la almohada.
Despiertan.
Dibujan el entendimiento
de universos ascendentes
hasta llegar a tus labios.
Paso a paso dibujan su forma.
Paso a paso escriben
el texto sinuoso que corona tu boca.
Danzan.
Como el sol y la luna danzan
hasta colmar y recrear tu superficie toda.

Danzan con el celo de tu pensamiento voraz,
de tu pensamiento cenital,
hasta torcer el espacio
con las hojas multiplicadas de palabras.
Palabras cortadas por tu intensidad.
Intensidad nacida en el centro
de la única semilla de verdad:
tu ensueño,
tu delirio,
tu lenguaje.

Aguardo, aguardas

Un rojo fulgor repite
los latidos inciertos
de una noche hermética
que no se adentra ni se nombra.
Observo callado ese ritmo
según palpa el cansancio
y la custodia de mis ojos
firmes y fervorosos.
Apartada, la ventana muestra
y se muestra, alternada,
flotante y variable,
insinuante, dudosa.
Aquí, a sólo centímetros
aguardan tus mejillas,
tus ojos cerrados,
tus labios que lentamente
imitan el rastro
del aliento que respiro.
Reposadas, las horas
carecen de toda demarcación,
y frágiles
los segundos intentan
sin suerte ni fortuna
frenar el paso de la sinrazón

que vehemente escribe urgencias
atesorando los verbos enunciados
por la avidez de mis dedos.
Inmóvil invocas mi osadía.
Lo leo en tus párpados silentes,
lo escucho en las comisuras centelleantes
que revelan tu euforia
súbita y profunda.
El cuerpo, tu cuerpo,
dialoga con la totalidad,
la llena,
suplanta este contenido
de dudas y reclamos perdidos
con el calor que irradia,
con el color que exuda,
con el aroma que determina
y afirma tu dominio
y tiñe con pulsaciones
las sombras de esta noche
sin pasado ni porvenir,
de este espacio impensable
pero real,
en que todas las preguntas se contestan.
El rojo fulgor repite
tus latidos intensos aquí,
de este lado de la ventana,
de este lado de las cosas,
en este recinto en el que mi cuerpo
se muestra porque te nombra,
en el que mis dedos escriben tu nombre,
y en el que tu boca proclama silenciosa
tu permanente audacia

porque hoy,
porque esta noche,
tras la ventana y frente al mundo
me has pedido que me quede.

Índice

Diálogos en el museo

Calles de Polanco

Colofón

Esta segunda edición de *Diálogos en el museo y otros poemas,* de José E. Santos, se terminó de imprimir en el mes de enero de 2022, en los Estados Unidos de América.

Publicado por

Almava Editores

www.almava.net

almavaeditores@gmail.com

Tel.: 347.649.4240